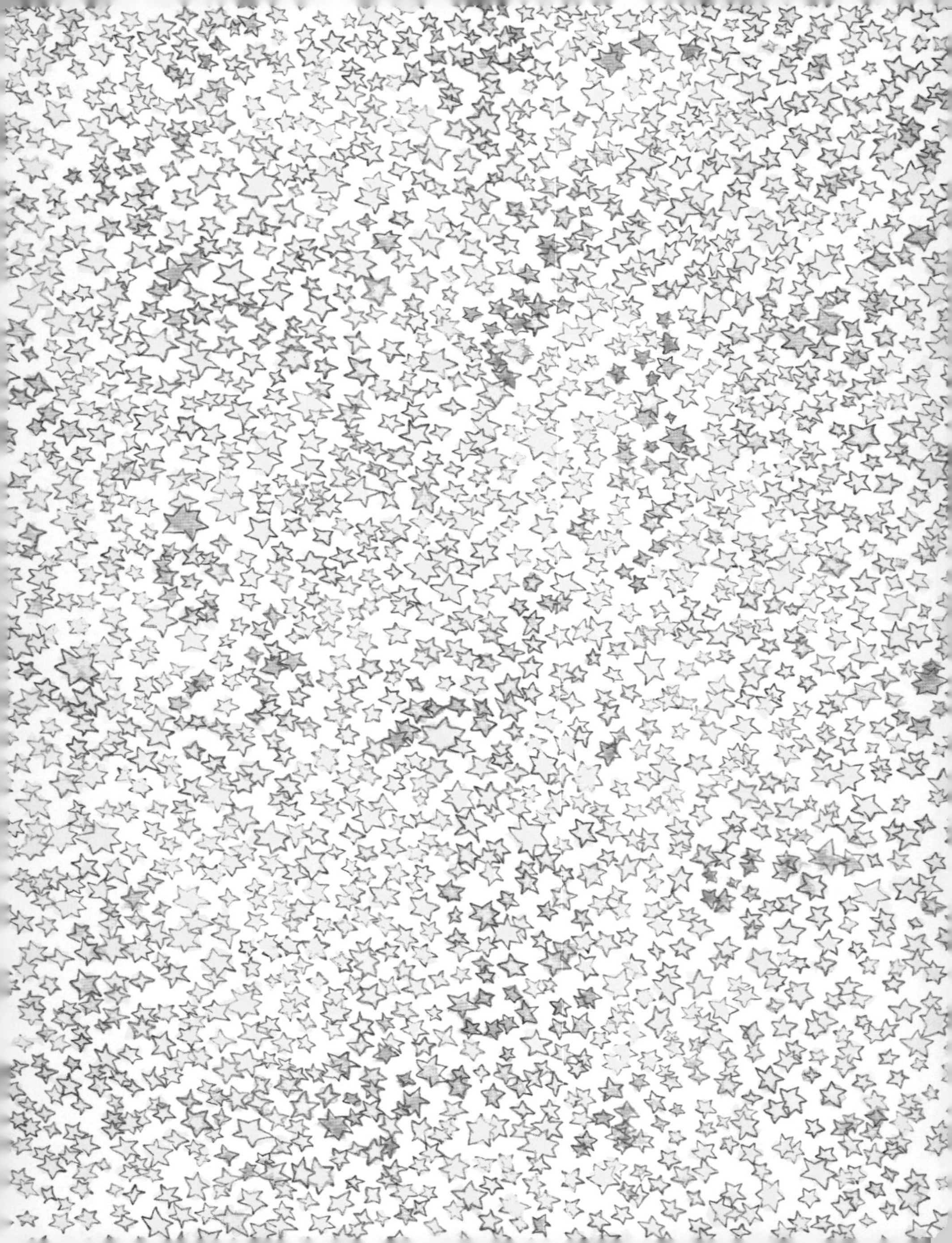

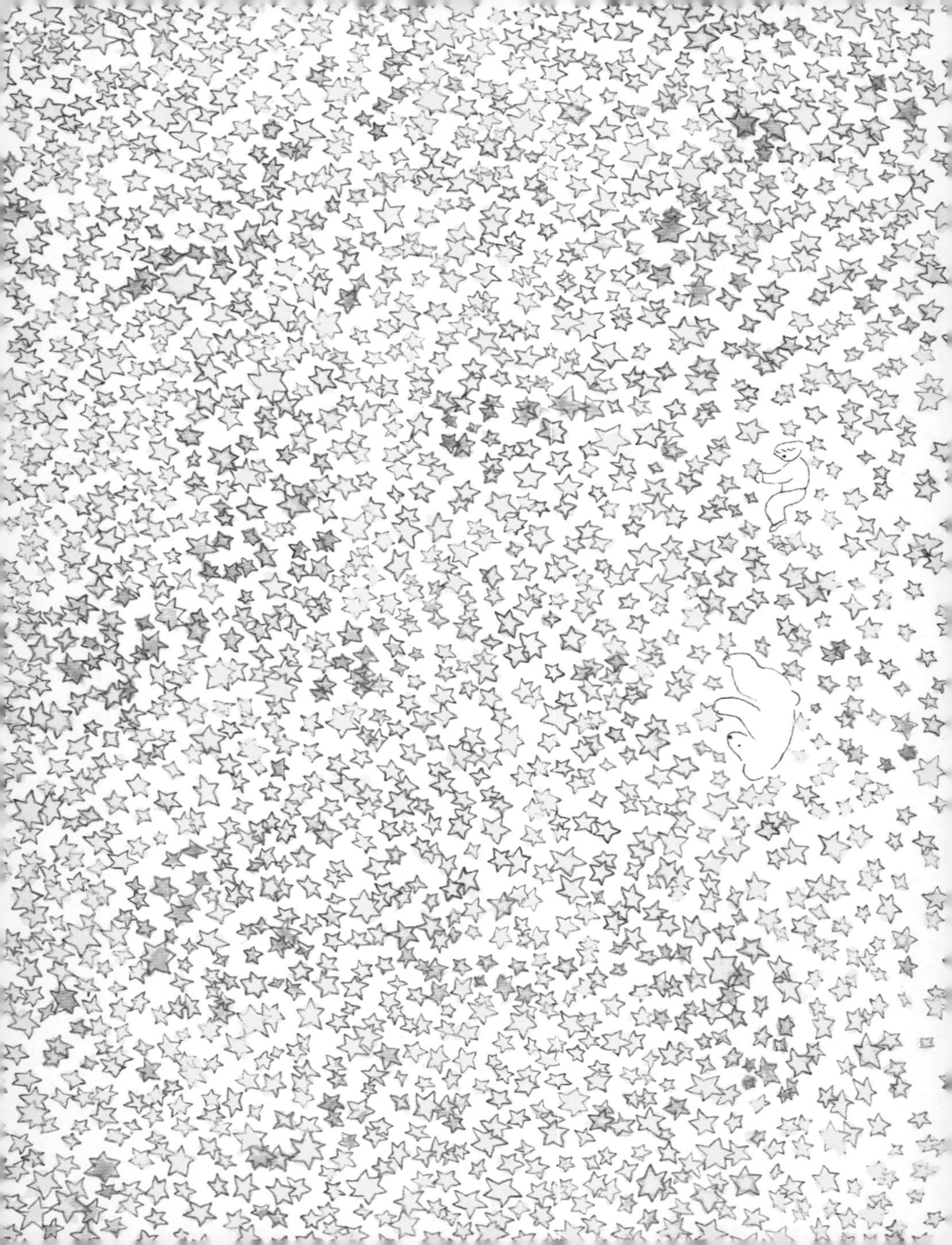

もともとの川柳日記

バームクーヘンでわたしは眠った

句と文 柳本々々／絵 安福 望

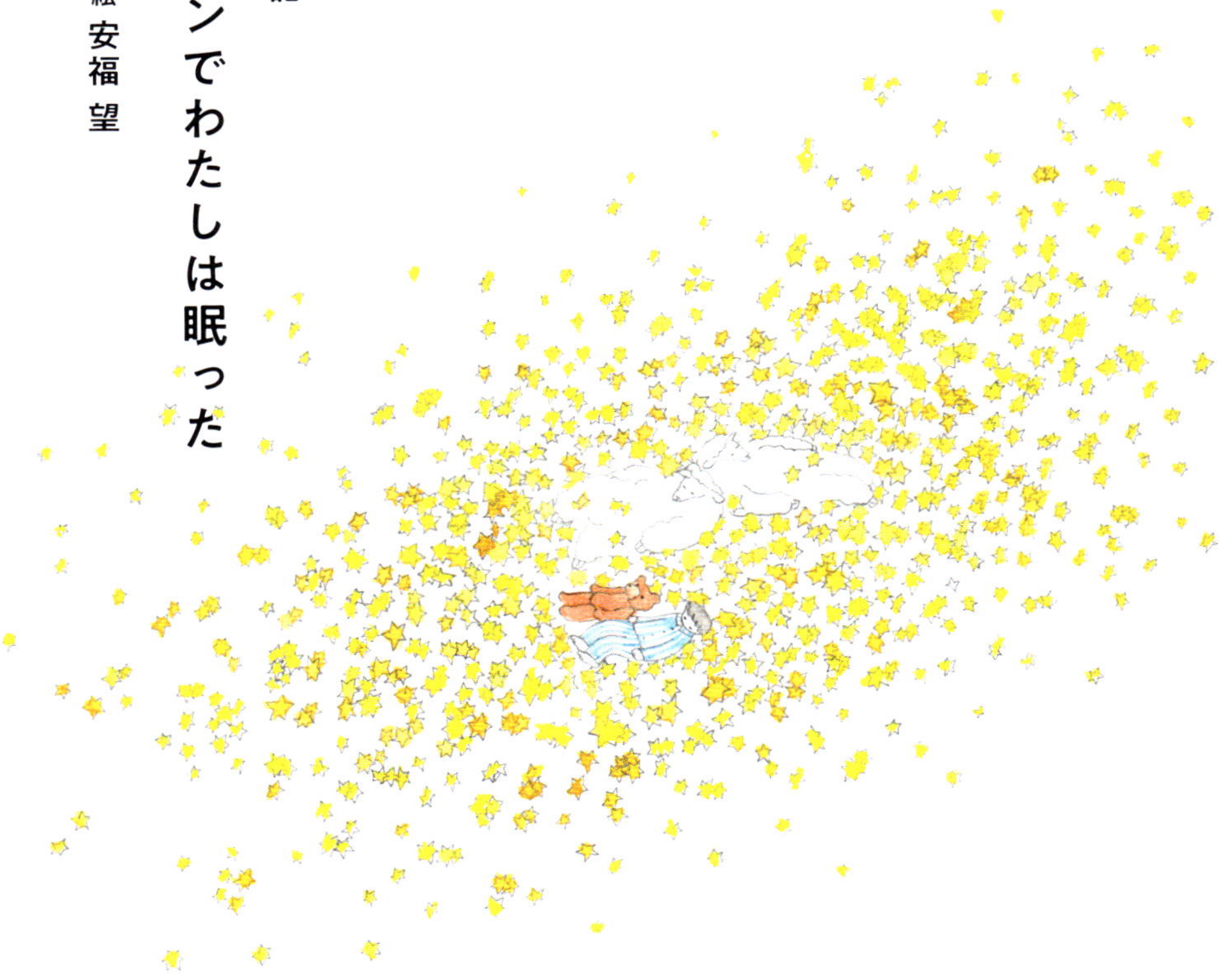

春のまっただなかで
道をきかれる

チェシャ猫はアリスに道をきかれてこう答えた。どっちに行っても同じだと。どっちを選んでも、正しいときがある。最終的には、正しい道になることがある。あとはもうわたしが選ぶか、選ばないか、なんだと。春。

4/1

いいひとなんだろう
蝶が群れている

切り株に腰かけていると誰でもいいひとに見えるきがするがどうだろう。切り株に腰掛けて笛なんか吹いているともっといいひとだろう。りすかなんかを頭にのせるのもいいし、寄ってきた蝶のリズムに笛の音色をあわせるのもいいだろう。いいひとマニュアルとして。

クリーム色の釦を捜すふしぎな夜

バスのなかでユニコーンのチャームをたくさんつけてねむってるひとの話をきいた。ゆめが漏れだしているようなかんじでねむっていたという。眠りながらユニコーンをひきつれて走っている。そういう話を電話できいた。ありがとう、と言って電話をきる。こころにのこる話だったよ。

そとにでたら、もう春だよ知ってた、というかんじの風が吹いている。あの、いろんな花の粉がまじったような、つめたさのおくにあたたかさがあるような、風が。

いろんなひとと出会いすぎたり別れすぎたりしてここまで来ている。それをいいあらわすことばがないいまま、いま、この春にいる。

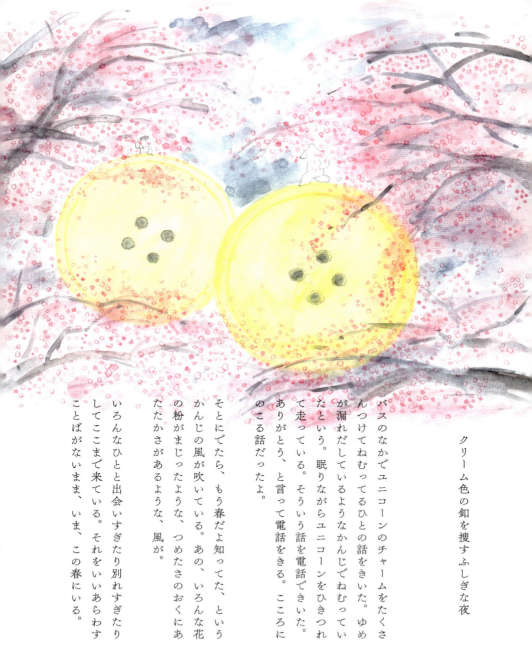

いい孤独

孤独だけど、いい孤独だよ、と言ってたひとがいて、いい孤独があんのか、とおもった。かわいい孤独とかもあるんだろうか。ある。

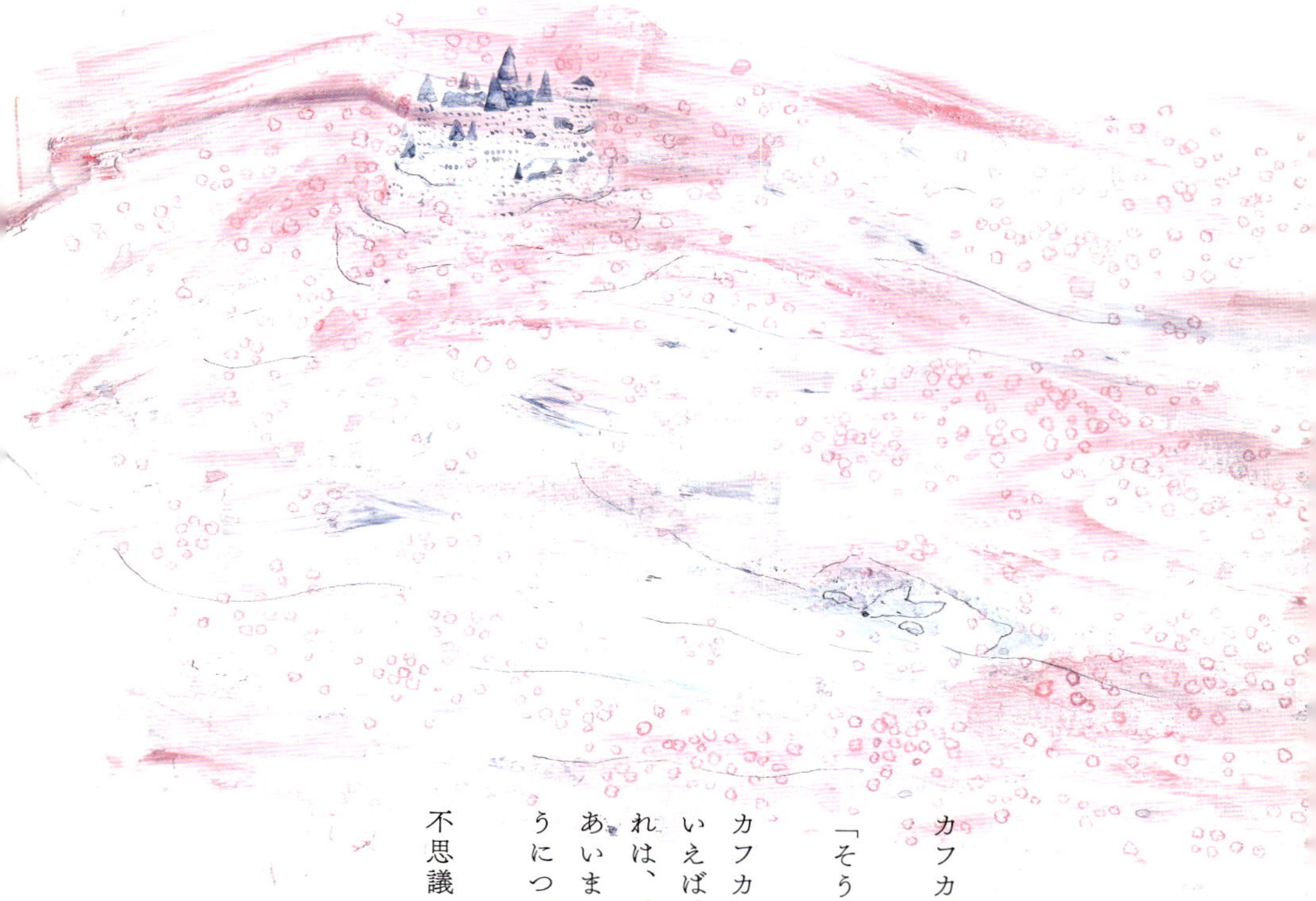

春の夜Kがお城にたどり着く

カフカの『審判』にこんな一文があったと思う。

「そういえば愛している」

カフカにとって愛はぜったいではない。そういえば、と思い出すようなものだ。でも、それは、愛している、と言い切れるほどつよい。あいまいで、ふたしかで、それでも水路のようにつづいていた愛。

不思議な春の夜にはKもお城にたどりつく。

天国が発見されたとの報せ

気が抜けた炭酸のように街をふらふら歩いていたら、落とし物を落としたひとのすぐ後を追いかけてひろったものをむっと突き出しているひとがいた。落としたひととひろったひとは軽く会釈してまたぱっと別れる。不注意と善意からのしゅんかん的な出会いと別れ。

ぼんやり歩いているだけなのに、街には善意があるいてる。

4/16

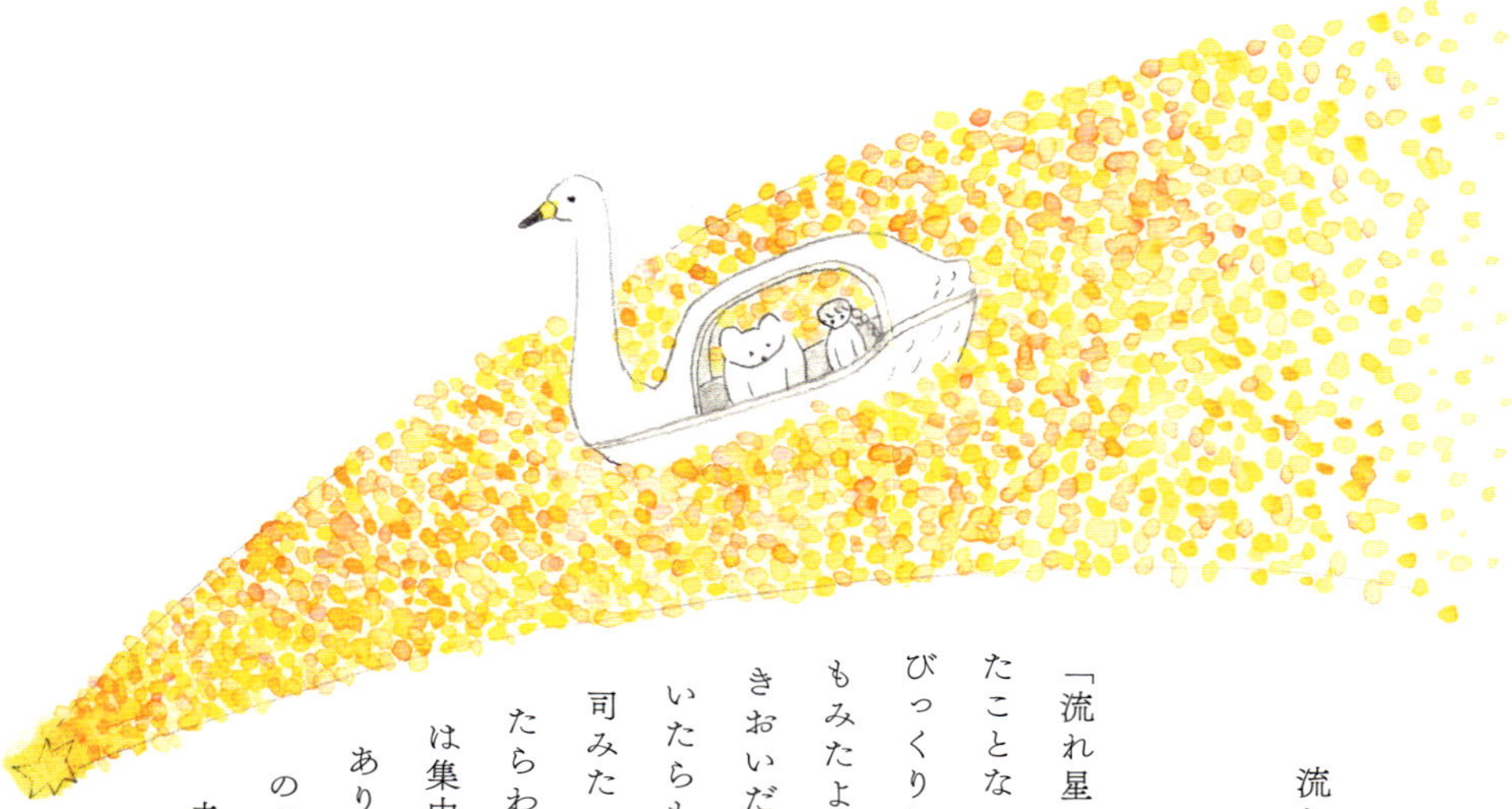

流れ星みたことないという返事

「流れ星みたことある？」ときかれて「みたことないよ」と答えるとあいてはひどくびっくりしていた。「わたしはきのう二度もみたよ。なんなら三度目もきそうないきおいだった。ずっとその場にわたしがいたらもっと流れる」という。「回転寿司みたいに注文制なの、それ？」と言ったらわらわなかった。どこかに流れ星は集中して、もういいよというくらいありふれていて、その一方で、ここのどこかには、流れ星はいっしょう、来ない。

4/24

「光ったよ」「光らなかった」春の海

エリック・ロメールの『緑の光線』という映画が好きで、昔見たきりでそんなに何回も見ていないのによく思い出している。バカンス中の独り身の女のひとがずっとうろうろしている。なにも起こらないし、なにかが起こりそうもない。

でもかのじょはさいごにたまたま出会った文学青年と海にうまれる特別な光をちょっとだけ見る。

だからといって彼女がこれからしあわせになるかどうかはわからないけれど、でも世界にはそういう映画があって、ときどき思い出している。ほんのちょっとのことがたすけになるように。

4/25

かつていつもはいってた
おおきなおふろへ

ひさびさにかつていつもはいっていたおおきなおふろへいった。どこかちがう、かわらない裸が、まえを行ったり来たりしている。わかくても、おいても、おおきくても、ふとっても、やせても、ちいさくても、からだはいつまでもからだを続け、ひとといっしょになることはできない。熱いお湯がこんこんとわいている。光。

4/26

鳥たちがのこさず
たべてくれるだろう

ヘンゼルとグレーテルのお菓子
の家のことをかんがえていて、
お菓子の家って実用性にかんしては
フルマックスだなあとおもった。
いらないところやきにいらない
ところ、直したいところがあれば
食べてしまえばいい。ぜんぶ
食べきったらまたあたらしい家を
さがして旅立てばいい。たとえ食べきれ
なくても、鳥たちがたべてくれる
だろうから、いい。鳥たちも
「実用性が高いね」とおもってくれる
だろう。

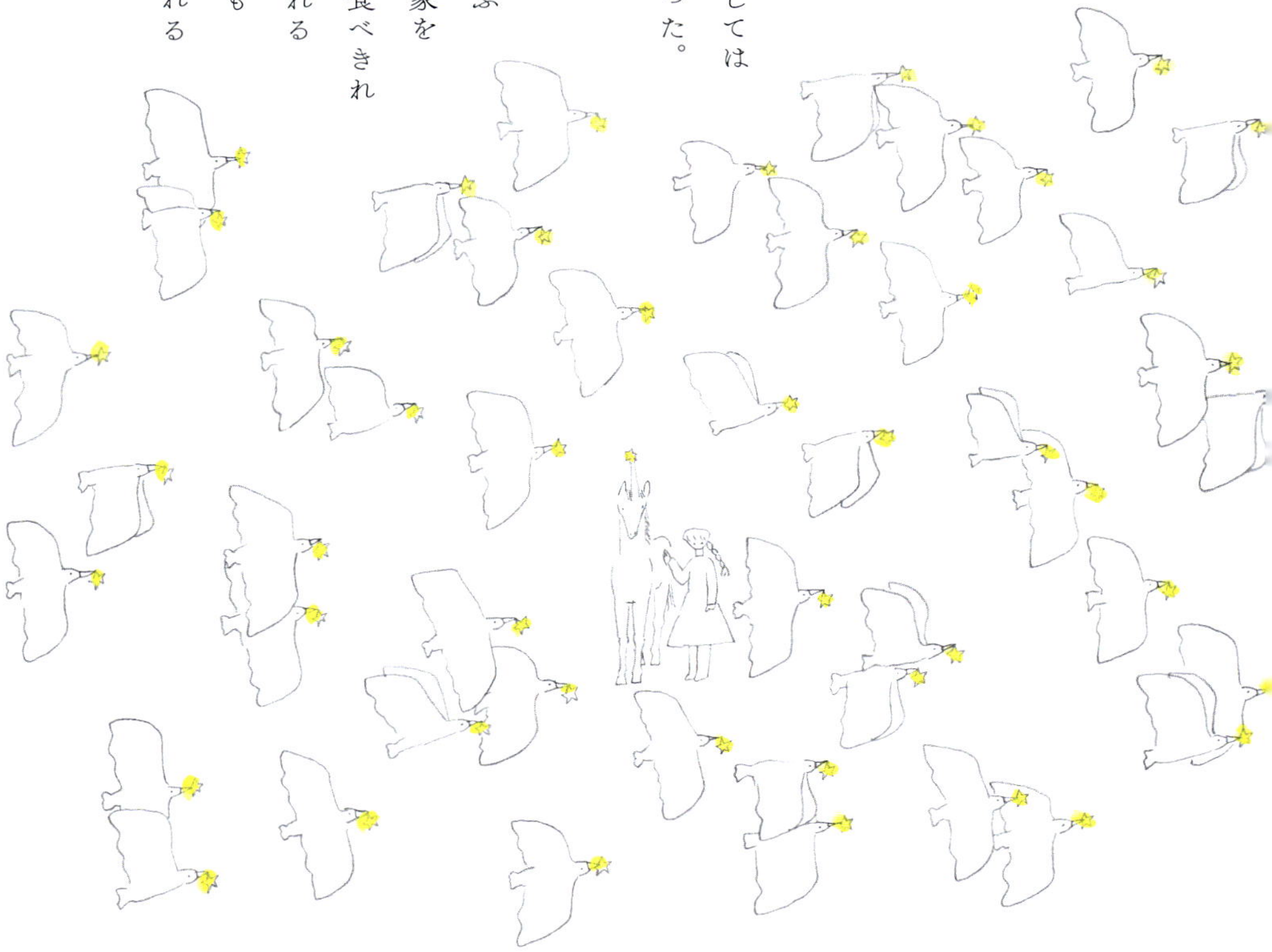

4/29

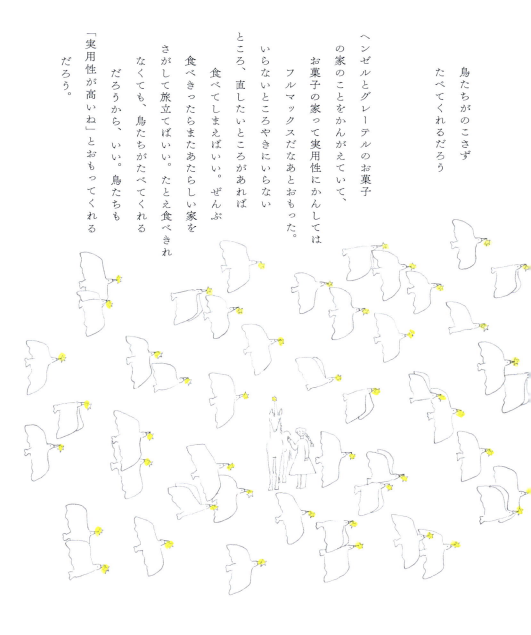

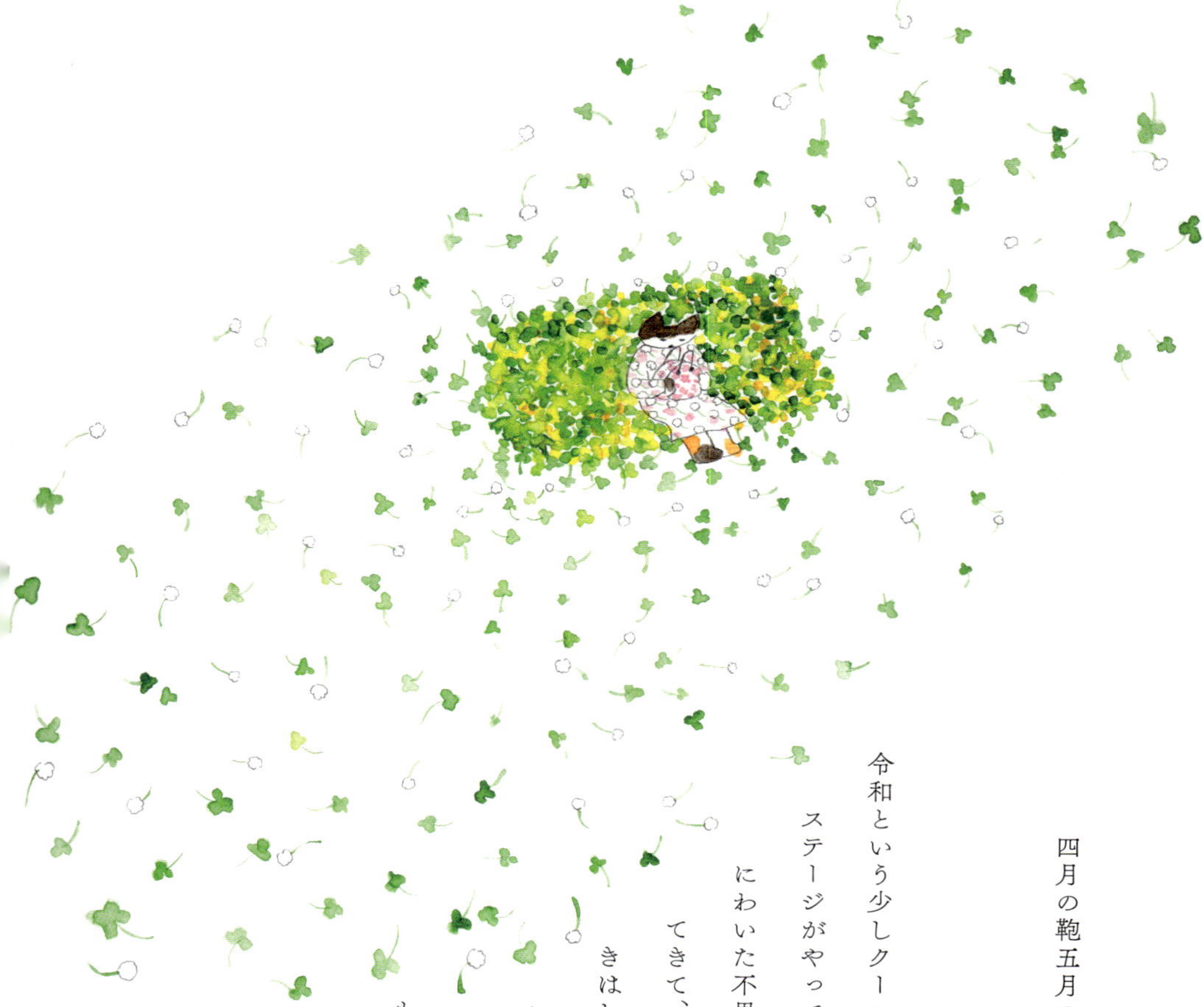

四月の鞄五月の電車に乗っている

令和という少しクールで不思議な新しい
ステージがやってきて、温泉のよう
にわいた不思議な十連休がやっ
てきて、悪いことが続くと
きはしかたないけれど、
いいことの嵐、のよ
うなときがあって
もいいとおもう。

5/1

だってもう虹の前進なんだから

『ダークソウル』というゲームでは前方に思いっきり転がることによって木箱や樽を破壊することができる。まちをあるいていて箱をみかけるとときどきその箱にむかってローリングしたくなる。しないが。したいが。

『ダークソウル』は心の折れたひと、心の強いひと、心のずるい人、心の無いひとなど、変な人がたくさん住まう未知の暗い世界を前へ前へすすんでいくゲームだが、ひとには、いや、だれでも、生きてるとあかるくてもくらくてもなんどか前進の時機がやってくるだろう。

時期と時機が同時にやってくるような。

それはもう虹の前進といっていいような。いや、

ぜったいに虹の前進だと話す

5/2

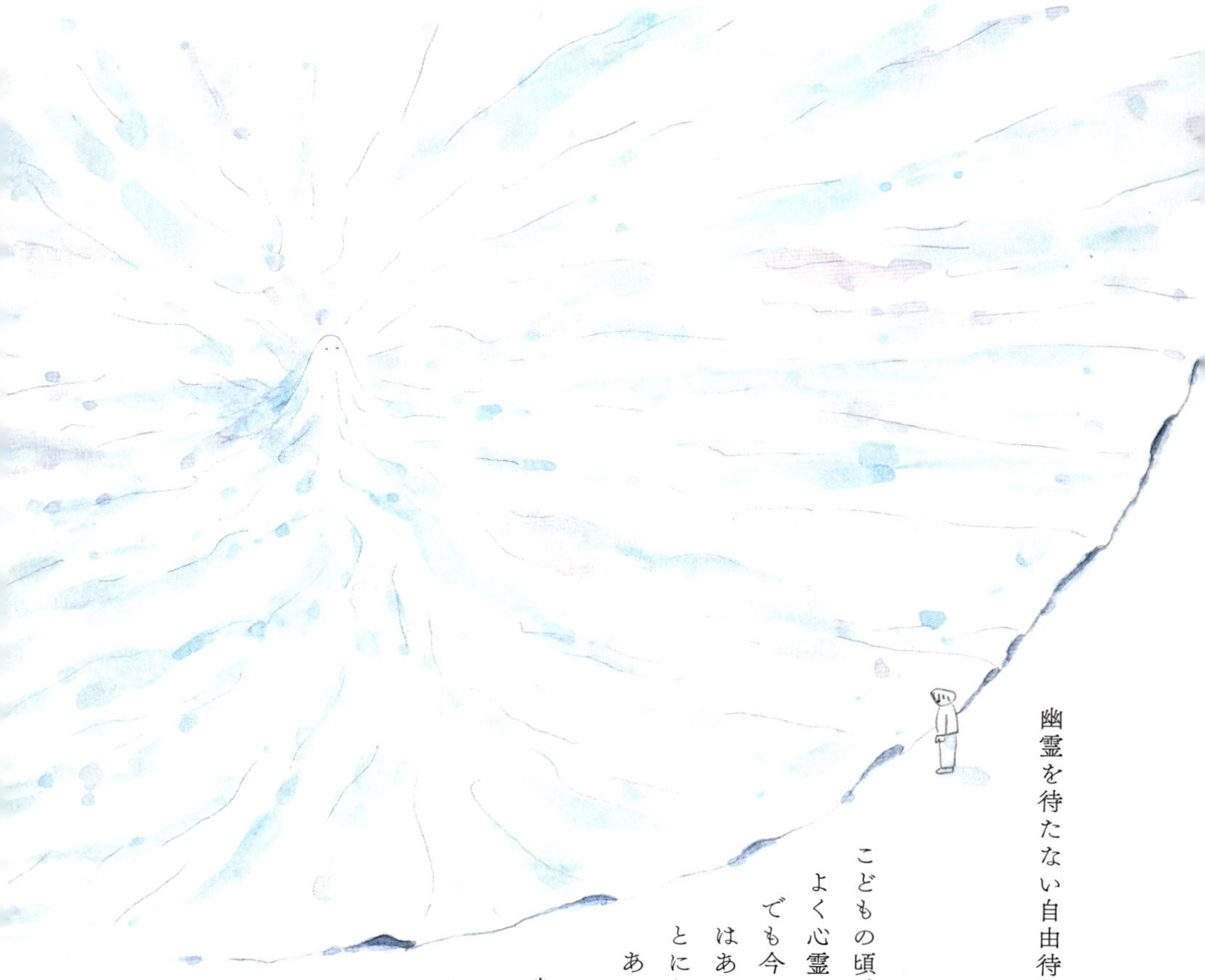

幽霊を待たない自由待つ自由

こどもの頃、心霊番組が流行っていた。その頃よく心霊に関する本も貸し借りしあっていた。でも今ふっとおもうのは、霊感を持つ自由はあるとおもうけれど、もっていないひとにももっていない自由みたいなものがあるんじゃないかということだ。

幽霊にかんしてどっちの自由があってもいいのではないか。幽霊からしてみれば不本意かも知れないけれど、わたしたちはまだ生きている者だから、これからも意に適わない現実を生きていかなければいけないから。

幽霊を待っている自由と、幽霊を待っていなかった自由と。

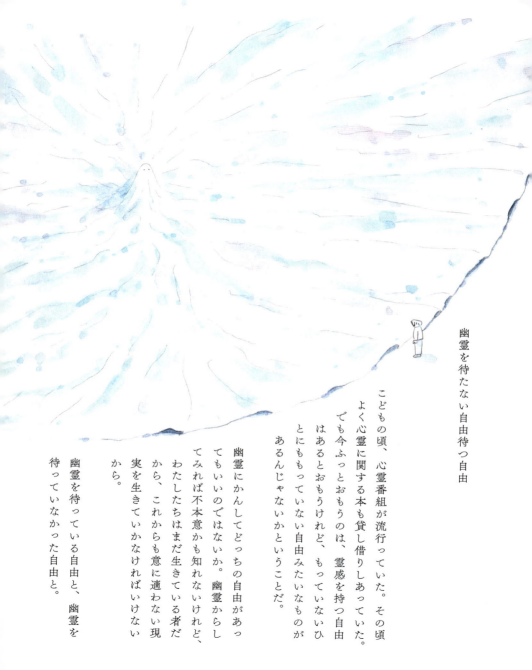

いつだって
最終回のわたしたち

大きなスーパーにむかうとちゅうに、うさぎが走ってるのをみて、あれうさぎじゃないかな、追いかけよう、と言ったけれど、アリスじゃないからね、生活品を買わなきゃいけないからね、と言われる。

家に帰るとベランダの洗濯機がなくなっていて、洗濯機がなくなってるよ、と言ったが、きょうみをもってもらえなかった。工事かなにかでしょう。これからいろんなものを直すの。音をたてて水を流しながらガラスのコップをわれそうないきおいで洗いつづけてる。

5/7

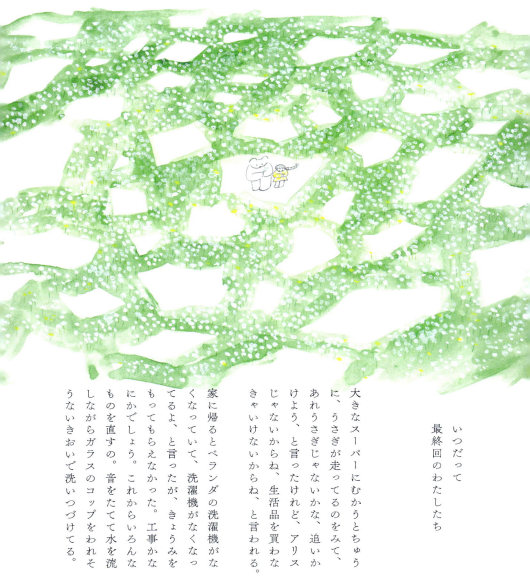

ダンスするいろんな魂のひとと

今までいろんな魂のひとと出会った（太陽になりたがるひと、仲間を置いて逃げてきたひと、心が折れて座り込んだままのひと）。毎日いろんな魂のひとと出会う。いろんな眼やいろんなことばをもったひとに。ダンスするように。

犬猿猿で乗ってしまう

犬を仲間にできたのも、猿を仲間にできたのもわかるんだけど、なんとなく雉とは仲良くなれないんじゃないかというきが、こどものころからおとなになった今までしている。

しかもなにかあればひとりだけ飛んでいけるというのはずるいんじゃないか。羽根があるって、なんかずるいよ。

5/16

真夜中になんかでもさがやってくる

なんかでも、あのときほんとはああしたらあのひとがあああいってああなったんじゃないか。ああなったとしても、なんかでも、いま、ここでこうしてんじゃないか。なんかでも。なんかでもは、なんかでもなんだけど、ときどきは、すてきれなかったそのときのじぶんとして、大事にしたい。

ほかのは
もういいんだよ
泉のほとりでい
われたこと

「ほかのはもういいんだよ」「え、そうなの？」「そうだよ。これだけやってたらいいんだよ」「そういうときがあるの？」「そういうときがあるんだよ」「そうなんだ」「ほかのはもういいんだよ」「ほかのはもういいんだよ」。

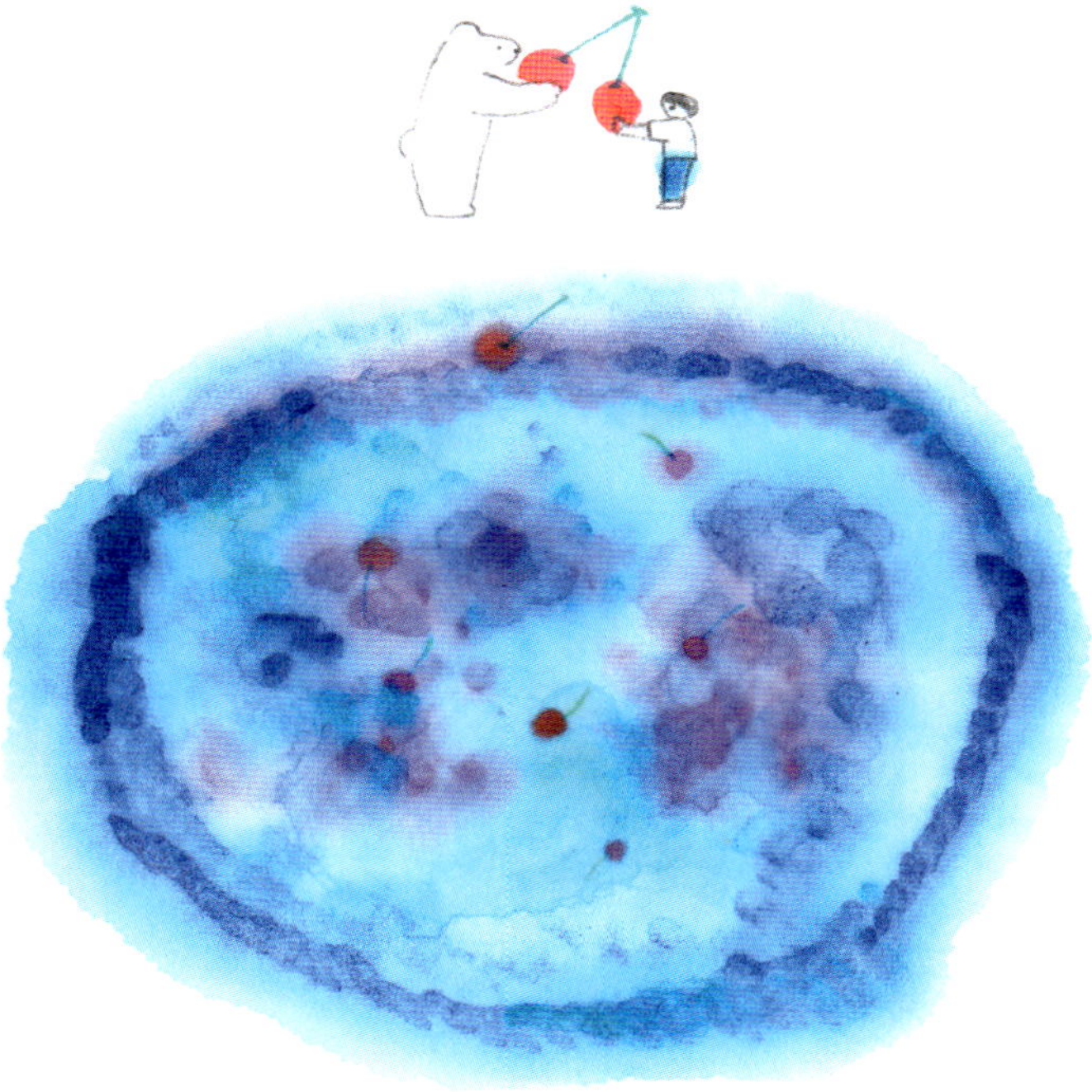

5/24

ささげものとしてどんぐりおくたぬきたち

ときどき、もっとちがう方法をとればうしなわずにすんだのかなあと思うこともある。でもじぶんがじぶんに、私が私に、いくら反論しようとも、うしなったものはうしなったものだ。うしなう理由があるからそれをうしなった。たぶんそれが根本原則なんじゃないかとおもう。私が私に、それはちがう、とどれだけ反論しても、それでもやっぱり、うしなったものはうしなったものなんじゃないかとおもう。そうするしか、そうなるしかなかったんですよ、と。あなたがいくらそうじゃない、ちがうとおもっても。

久保田紺さんの『大阪のかたち』にはこんな句がある。

狸しか来ない狸のお葬式　　久保田紺

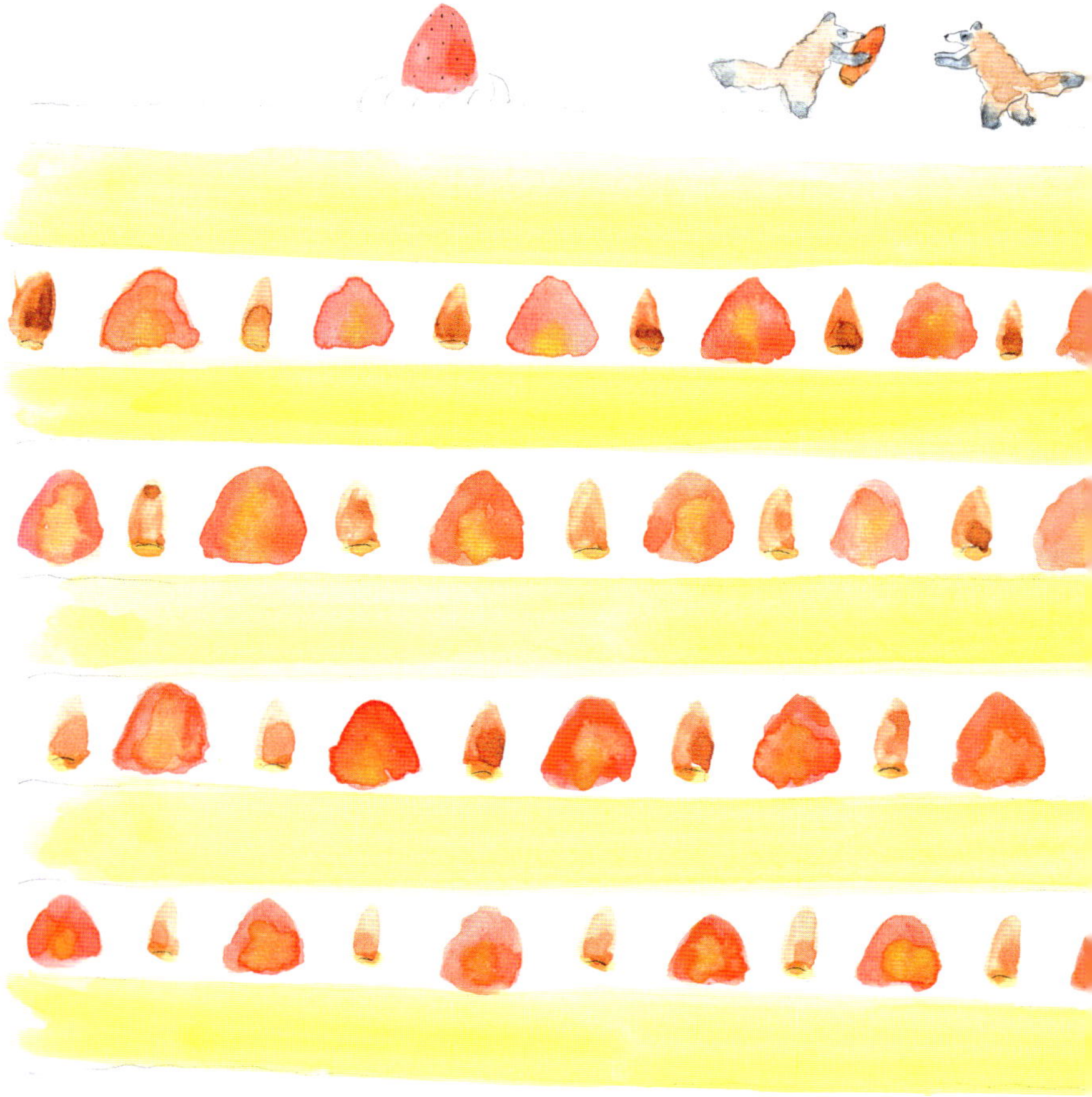

5/31

だらしない会話くりかえす辿り着いたら

ときどき、ひとのことばやからだって、もっとだらしないのではないかとおもうことがある。もっともっとだらしないのではないか。でもそのだらしなさを小説や詩や短詩がひろいあげていくのではないか。 だらしなくなれ。

6/2

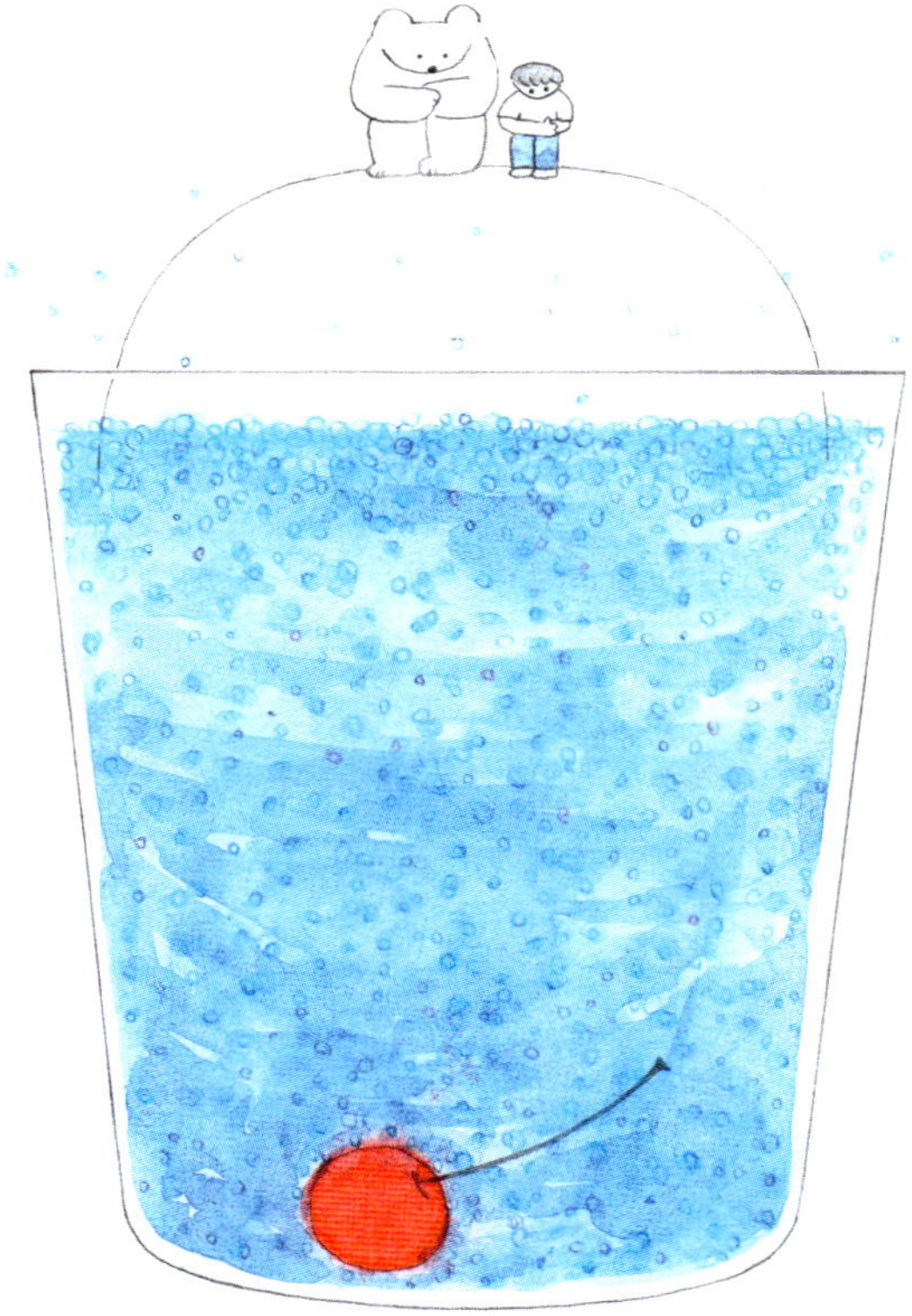

言えなかった「はい」について話す

今までどれだけの「うん」を聞いてきたのかなあ、と帰りの新幹線のなかでかんがえる。どれだけの「ううん」や「いいえ」や「だめだよ」を乗り越えてわたしはひとやあなたやわたしの「うん」を聞いてきたのかなあ。うん、いいよ。いいの？　うん。

6/7

日曜日にふさわしい目　あなたといる

日曜日。わたしたちはそば屋さんに入る。わたしはどうしてもラーメンが食べたくなってそば屋さんでラーメンを食べる。五目中華にするよ。五目中華ってなんのことだったか忘れてしまったけれど。食べてるうちに思い出すんじゃない？　むこうからやってくるのよ。わたしたちはあとどれくらい長生きするかの話をする。どれくらいのひとと別れたかも。そのひとの話はじめて聞いたかもね、とあなたは箸でハムをとりながらいう。ラーメンのなかにハムが入ってたんだ？　そうだね。あなたといる。

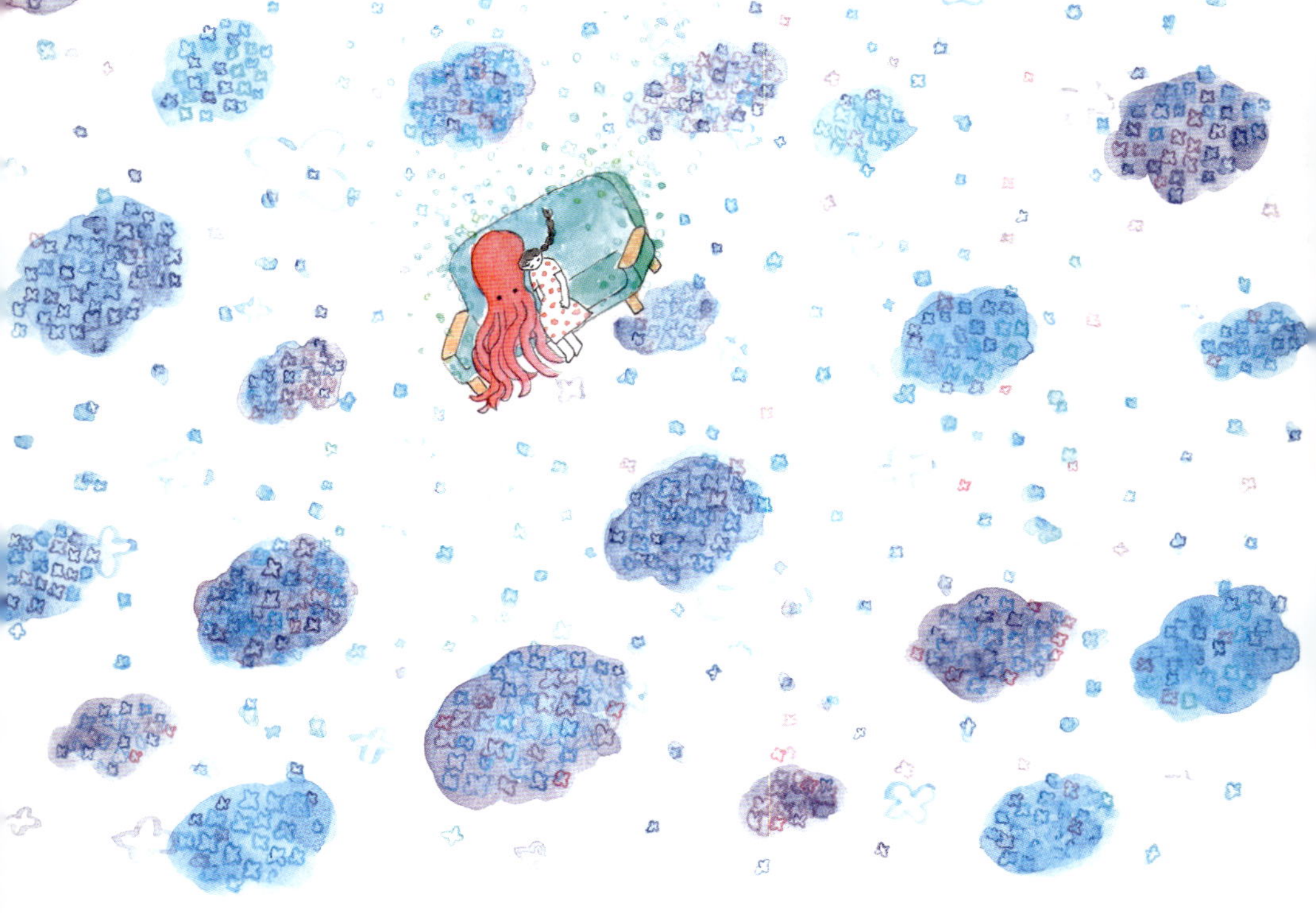

6/10

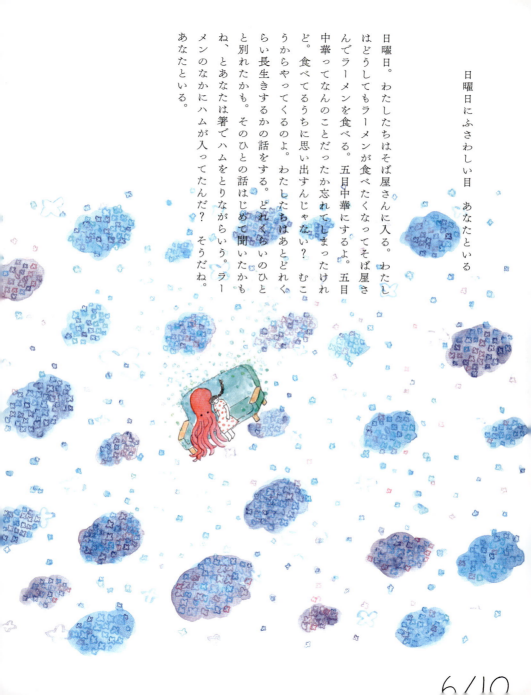

罠か

道をあるいていたら、『それがいいわ』という本が落ちていて、拾いたくなったが、罠なのかなあ、とおもう（罠です）。すごく天気のいい日で、ひさびさに連絡のとれなかった友人から手紙がきた日だった（それも罠だっていうのか？）。手紙には、「わたしはあなたのことをよろこんでるの」と書いてあった（喜びを誘いかけるとぐろのような罠か）。その日、たまたま食べた熟成味噌カツ弁当も思いがけなくおいしく、わたしは（笑わないにんげんなのに）もぐもぐしながら笑顔だったかもしれない（全部、罠です）。

6/13

ぼんやりが飛び火してゆく
あのひともあのひともあのひとも炎上

わたしはぼんやりが好きで、いままでぼんやりだけで生きてきたと言ってもいい。大事な質問をされたときも、わたしは、たぶん、ぼんやりしていたとおもう。うん、なのか、ううん、なのか、うーん、なのかわからず、うつろな眼であなたをみていた。どっちなの？とあなたが言う。もうなんでもいい、どっちでもいいから答えてよ、とあなたが言う。でも、そんなときに、限って、ぼんやりの真っ盛りというか真っ最中というか、ぼんやりの焔に炎上してしまう。わたしは、ぼおぼおぼんやりしだす。いいのね？とあなたが言う。一回だよ、聞くのは。この一回が今あなたのとこに来たんだよ。かの女が部屋をでていく。去られたわたしは、去られた部屋で、ずーっと燃え上がっている。今のわたしが、歌なのか詩なのか句なのか文なのか、それさえも、わからずに。炎を放つ。

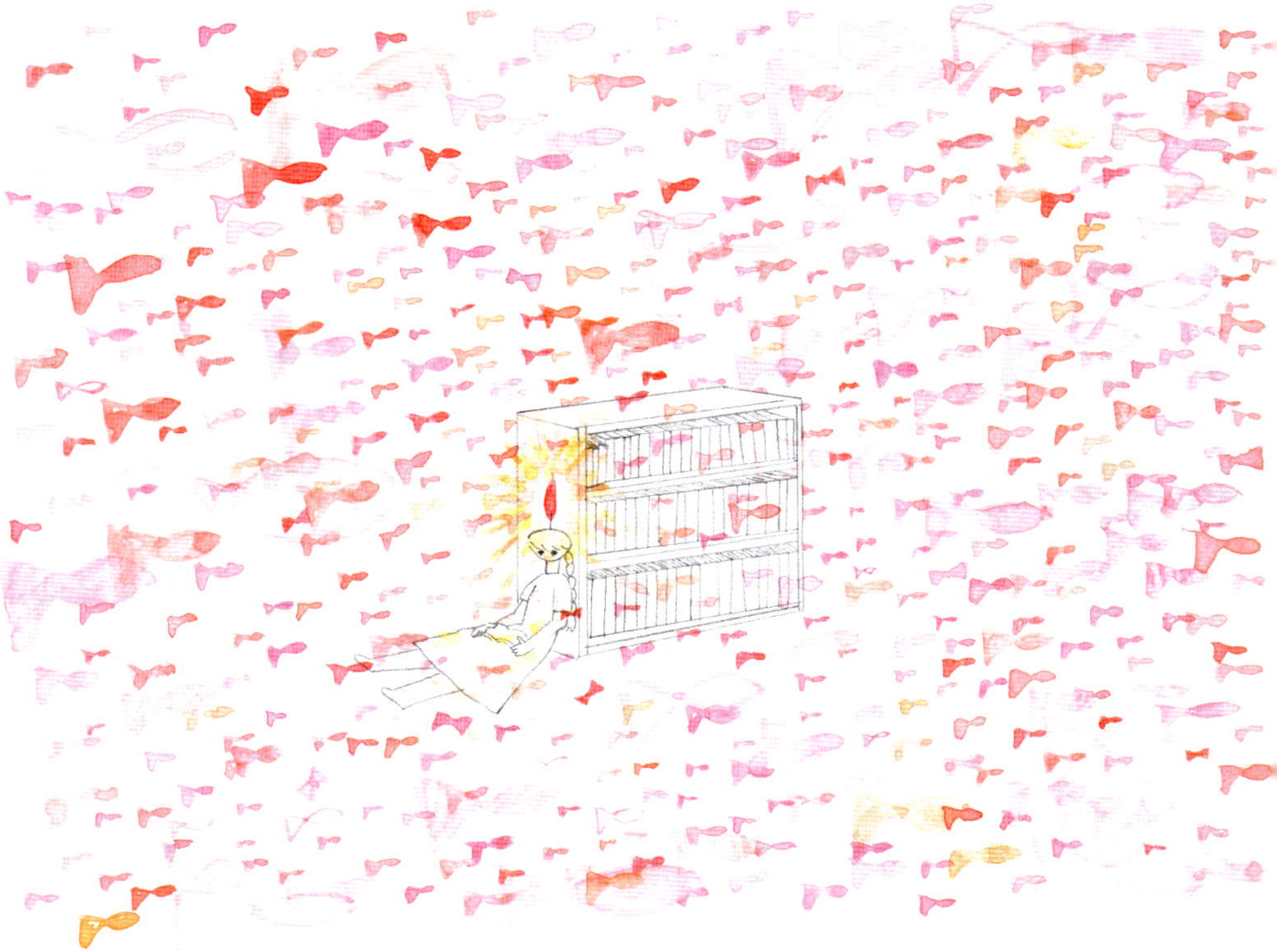

かわいい孤独

孤独にはいい孤独やわるい孤独やいろんな孤独があるけれど、さびしいはひとつきりで、さびしいはさびしい、のようなきがする。

さびしかったら、さびしいんだと思う。

6/18

大きな傘に入る
ちょうちょもくまも俺も

むかし、傘をわすれたら、次に
会うときまでその傘を大事にもって
いたひとがいて、昔話みたいなひと
だなあとおもったことがある。
百年くらい大事に持っていってくれたら
昔話になる。

6/20

ソファーが来るまでの待つような会話

青いソファーがくるという。ソファーがくるなら、部屋に空間をつくらないとだめだよね？　と聞くと、くうかんってなんのこと？　と言う。だってあれだよね、椅子を抱いたひとびとが出入りするし、おおきくてながい椅子がここをとおってこうしてここをまがり、そこにいくわけでしょ、どうしてそんなすごいことしようとおもっちゃったんだろう、なんか、くらくなってきた、とわたしは言う。すごいことって、くらくなるよ。

いや、でもね、すごいことってなんどもなんどもくるでしょ？　ハッピーなこともラッキーなことも残酷なことも凄惨なことも。すごいことがなんどきてもふつうの顔して自転車のったり爪を切ったりハンドクリームつけたりしなきゃならないわけでしょ？　そんなすごいことでいちいち暗くなってたらいきてけないわよ。そうでしょ。

そうだね、とわたしは言う。そうだね、でもね、そうなんだ、とわたしは言う。そこで黙ってしまう。わたしにはソファーの話もすごいことの話もうまくできない。チャイムが鳴る。わたしたちが反応しないのでもう一度念を押すように鳴る。たぶんそのうちドアが激しく叩かれる。

6/21

日曜を待ち切れなくて
水になる

水に弱いひとたちについてよく考えるのだが、たとえば『オズの魔法使い』の魔女。掃除中のドロシーに殺されてしまったが水に弱いというのはやはり致命的だったのではないか。ウルトラマンのジャミラ。ウルトラマンの指先から水芸のように放出される水で殺されたが、怪獣で水に弱いというのはなんとかしてあげられなかったのか。みんな水になってった。

6/23

雲の亡霊(やさしいほうの)

『ロード・オブ・ザ・リング』で亡霊たちが助けにきてくれるシーンがあって、へえいいなあ、と思った。亡霊になっても、やさしさ発揮できんだなあ、と。もし亡霊になるなら、やさしい亡霊になりたいよなあ、と思う。さいきんどうなの、っていきてるひとの話をちゃんとさいごまで聞いてあげる。そろそろ陽がのぼるよなあ、なんて顔にもださない。あいての話がだんだん佳境にはいるころ、わたしに少しずつ陽のひかりがあたって、わたしはやさしいまま、すこしずつ、きえてゆく。やさしいとしぬことがあるなあ、にかいめの死だなあ、とおもいながら。きえる。

6/30

詩の支度ができたら出発しよう

もしわたしが、いいことあるにはどうしたらいいですか？　ってきかれたらこうこたえたい。いきてるといいことありますよ、と。ほんとうに答えはそれしかないようなきがする。レイモンド・カーヴァーも、ものを書くこつはただひとつ、生き延びることだ、といっていたが、よいことがあるようにするひみつも一つだとおもう。ただ・いきのびること。

「いっしょにほろびる
権利があるよ」
小麦粉こねながら

「ほろびるの?」って電話
でとつぜん言われたことが
ある。わたしはそのときなん
と答えたのだったか。
「ほろばせないでくれよ。
あなたそこにちゃんと立って
んだから」と言ったのだったか。
「いきているにんげんに
むかって、なんでよ」と
言ったのか。

7/3

日曜日にうまれる
まんなかの愛みたいの

過剰でも欠乏でもない、まんなかの愛、みたいなものはないだろうか。

たとえばジム・ジャームッシュの愛をめぐる映画『ブロークン・フラワーズ』。ビル・マーレイがかつての恋人たちの元を地獄下りでもするように点々と旅をする。←

やりかたで。けれど、おおきくもちいさくもなく、ちょうどいいサイズで。

まんなかの愛、にであえないだろうか。

あうなら、日曜日のサザエさんがやってるような時間帯がいい。おおめだなあとか、すくなめだなあとかも、おもわない。これくらいが、ここくらいが、まんなかなんだなあ、とおもうような愛。わたしがほんとうに愛されているのか、ほんとうに愛しているのかも、わからない。好きとか愛してるとかセックスもサザエさんのエンディングにとけあってわからなくなってしまう。

家族と呼ばれた影たちが小さな家に飛び

マーレイはそのつど女性ひとりひとりから愛をもらうが、それは過剰でも欠乏でもない。まんなかの愛、だ。そこには決定的な愛はなく、マーレイが決断する機会も訪れない。まんなかの愛の迷宮でマーレイはさまよいつづける。

いったいマーレイは誰を愛し・誰から愛されているのだろう。愛はいっちょくせんではない。愛はいろんな角度で、いろんな圧で、いろんな方向から、やってくる。おもいがけない

込んでゆく。ありえたはずの愛の話を語り終えたあとで。

愛しているのか、愛されているのか、わたしは、ひとりだったのか、ふたりだったのか、ほんとうにこれが、このかたちが愛と呼べるのかはわからない。気づかなければ気づかないまま終わってしまうかもしれない。それでも、ここくらいがたぶん世界の愛のまんなかなんだなあ、とおもう。

月曜がちかづいている。でもまだ日曜がおわるには、ほんのちょっとの時間がある。チャイムが鳴る。花だ。

7/15

きょうの夜空のがりがりしてるとこがいいね

詩人の高橋順子さんに、白髪の少女と少年が結婚を約束する日、という一節が入った詩がある。

おにぎりをたべながら男が草ずもうって知ってる？　と女に話しかけると女は、もっと悪いことをしたわ、と少女のような顔で答える。落とし穴をほったり、草をむすんでひとをつまずかせたり。草のうえに座って女は話す。男もとなりで聞いている。おにぎり。薬缶。風が吹いている。

高橋順子さんの夫は小説家の車谷長吉さんだが、ふたりをもとにした詩を読んでいると、こんなふうにすこしずつ歩きながらそれでも生きてゆくことってできるんだなあとおもう。どんなにそれが終わりの風景にみえたとしても。

わたしはすごく落ち込んで動けなくなったときに、この詩に勇気をもらった。どうやってこの詩にであったんだろう。思い出せないけれど、でもこの詩のために、この詩を読みに、遠い図書館までとぼとぼ歩いていったことを覚えている。

とちゅうでともだちにたまたま会ってそのこはデートに行くのか男の子といっしょに歩いていた。「あ、やぎもとくん、どこいくの？」というので、「詩を、ちょっと、読みに」と正直に答えたとおもう。わたしはあるくそくどをゆるめずに、流れるように、こたえて、そのこのそばを通り過ぎた。そのこもあゆみをとめず、ながれるようにあるいていった。そう

か、わたしは詩を読みにいくんだなとおもった。

なんかたぶん、しなないために。

ちょうどこんなめまいのするような暑い時期だったとおもう。かげろうのようなものがたっていた。図書館に併設された芝生には麦わら帽をかぶった親子が座って役割のように空をみていた。噴水が高々と冷たい水をふきあげていた。この図書館には昔ともだちときたことがあった。ともだちとははぐれたわたしとわたしとはぐれたともだちはお互いにさがしあった。さっきまで会ってたひとにふたたび会おうとして。

たとえ終わりのように感じられても、じんせいは少女や少年のような輝きをみせることがある。なんど終わりがやってきても、にもかかわらず、生がかってに輝きはじめてしまう。終わりそうになるたびにあふれてしまうなにかがある。

それは、なんなんだろう。

高橋順子さんの車谷さんとの暮らしを描いたエッセイ集『夫・車谷長吉』を読んでいたら、「歩くように書くこと」ということばがあった。

歩くように、書くこと。

「歩くように書くこと」ができるだろうか。走らないように注意して。

それは、カレーをつくるときにおいしくつくりすぎないよう注意するようなものだ。走りそうになるところを、おいしくなりそうになるところを、そくどをゆるめて、あんばいを調整して、まいにちまいにち、すこしずつ・すこしだけ、書いてゆく。少しの詩を。あるいてゆく。

漱石は芥川龍之介宛の手紙に、「相手をこしらえてはいけません。牛のように人間をおすのです」と書いていた。

そんないきかたができるだろうか。

「これから湯に入ります」と漱石はいう。

夜にかんがえる。

ぜんぶわかってたって泣きながら鳥の巣を探す

ずっと鳥の鳴き声がきこえていて、近づいたり遠のいたりしている。くるはずのなかった電話もきたので、鳥がね、あたりにいるようなんだよ、とわたしがいうと、鳥はどこにでもいるでしょ、ここにもいるわよ、という。「そうそう、わかってる」

そうなんだけどね、といって、わたしは受話器をかかげる。こうするとあなたにも聞こえるかなとおもって。

「どう?」「うそでしょ、きこえるわけないじゃない、なんかあつくてどうかしてるんじゃないの」「そう」

わたしは電話しながらさっきまで梱包につかっていた大きな鋏の峰をなんとはなしにゆびでゆっくりなぞっていた。布も厚紙も切り裂くことのできる巨大なステンレス製の鋏。

部屋をでて、すこしだけ、鳥の巣をさがす。鳥の巣をさがしたことなんて生きてきてはじめてだ、と思いながら。あのこにたぶんこのこと話したらおもしろがるだろうな、あのこういう話きっとすきだから。でも、このさき、会うことなんてあるのかな、ともおもう。

鳥の声は、ちかづいたり遠のいたりしている。わたしはときどき、なんというか、じぶんがすごくふとったように感じることがある。あなたすごくふしぎなふとりかたをしてるわよ、といわれたこともあった。それいったの、あのこだったかな。

わたしが壁にもたれると、鳥がとびたつ。もう会うことはないんだろうな。おおきな鋏を落としたような金属音をあげて、どんどん、とおざかってゆく。何が。何かが。

7/23

鼻と鼻こすりあわせる夢十夜

困ったことはよくやってくるのだが、よく困ったことがあると漱石を読んでいる。

たぶん漱石の小説は、ずっと、困ってしまったひとたちをめぐる小説で（猫だって人との違いに気づいてしまって困っていた、先生も淋しくって困っていた、百年待っていてくださいと女から言われた男も困っていた、代助もかのじょのことがほんとうに好きなのかどうかわからず困っていた）、困ったひとたちが〈どう生きてみたか〉が描かれている。

困ってもなんとかやっていきましょうよ、たとえ脳が焼き焦げても。

それが漱石なんじゃないか、とおもう。

代助は真っ赤な電車に乗っている。ごおごお燃えている。盛っている。終わりかもしれない。それでもさいごまで行ってみようと、かれは、おもっている。

7/25

髪の一部たちは手放して生きる

髪はいつまでわたしのものなんだろうか。わたしはいつ禿げ落ちるんだろうか。でもときどきそんなに髪をぜんぶわたしのものにしなくても、髪の一部たちはもう解放してあげてもいいのかな、とおもうこともある。うしなうって、いいことだから。

7/29

もういちど猿が仲間になる童話

過去にしていたことが意外なかたちで未来につながることがある。逆に未来でこれからすることが意外なかたちで過去に正解を与えてくれることもある。

そんなふうに時間が、線、になったら生きてきたことが正しいね正しかったんだね、って思えるんじゃないか。

桃太郎だってもういちど猿を仲間にしてもいい。やあまた会えたね、って。

8/1

あまいだめなにんげん
（苺のにおいがしてる）

苺なのか苺なのかと責められる↑これも川柳

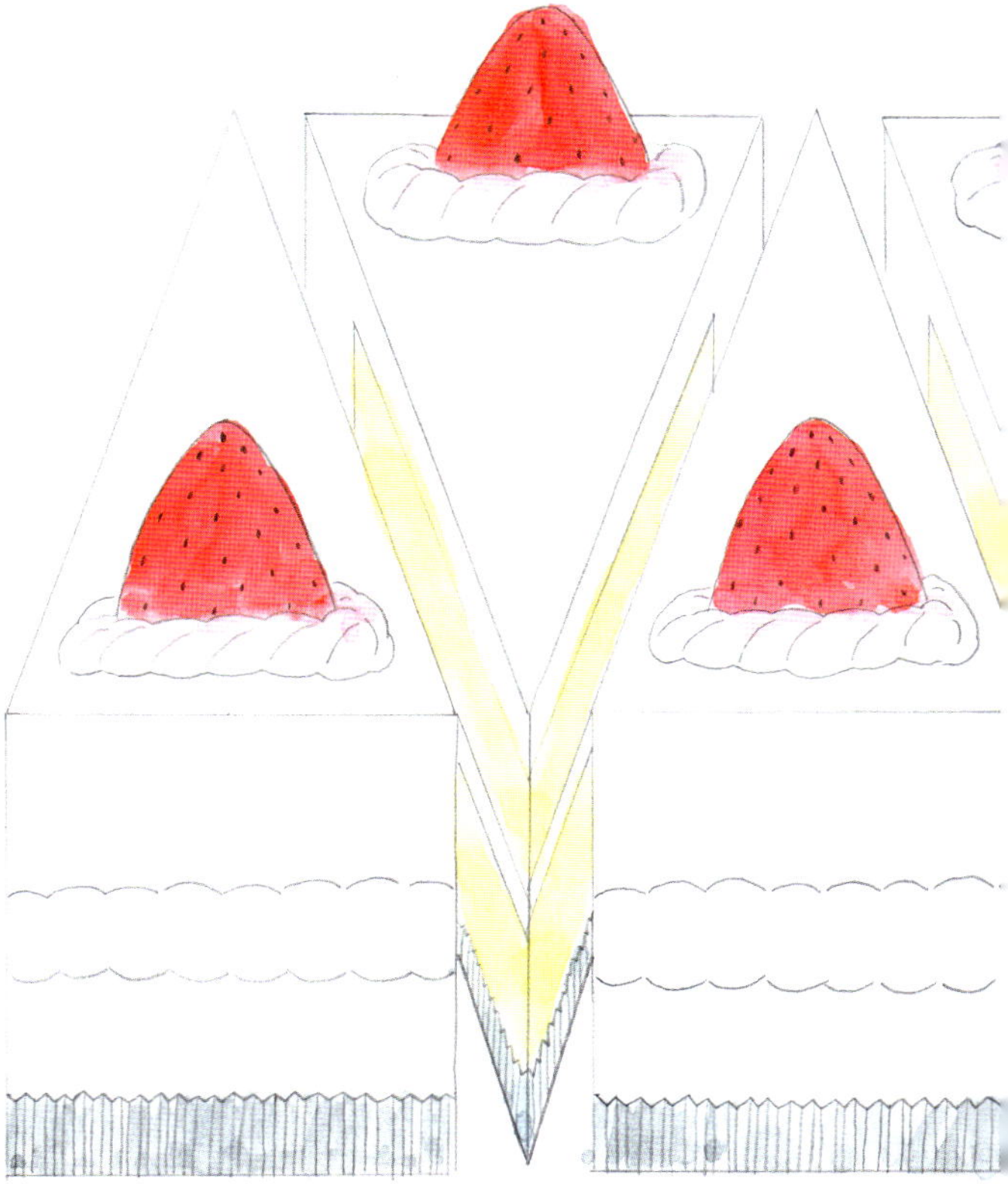

8 / 3

鍵と水を持ってふたりで歩き抜ける

ホテルを幽霊みたいに歩く女の子がいて、「幽霊みたいにあるくんだね」といったことがある。

「霊ってさ、みたことないけどね、あなたみたいに歩くんだろうね。床と平行にね、すーすっすって」「なんなの?」「いや、すっすっすって、あるくから。だってなんか重いものもってるんだよね。鍵束とか。鍵束は重くないか。でも鍵をたくさんもってんだね。そんな鍵もってたっけ。家の鍵でしょ、車の鍵だよね。これは病院の? なんなの、って言われてもね。霊の話だよ。霊の話だけど、あなたの話だよ。霊の話じゃなくて」「あのさ、情報が多すぎないかな、会話に」「いろんなものがおおすぎるよ」

そのホテルはまわりを畑で囲まれたとてもさびしいところにあって、ひとってこんなさびしい果てのようなところに来なくちゃいけないことがあるのか、と思った。「はやく帰りたいね」と言ったら、「え」と言われた。

8/10

彗星がお茶漬けの端に
ころんころん

ものをつくっていると、いろんなことは起こるし、決着がつかないこともある（三谷幸喜さんの『ラヂオの時間』みたいに）。

でも、ものをつくることの秘密は、いろんなひとが交錯していくなかで、これしかないんだというような妥協点をみつけることなのかなあとおもったりする（三谷幸喜さんの『王様のレストラン』みたいに）。

星のようにひかる妥協点を。そうして、それを、つづけてゆく。かたちになったものが星になってころんころんところがるみたいに。

8/17

わざわざきけんなことを
しないようこんこんとねむる

世界はきけんでいっぱいだから、とあなたが言う。そういうとこにうまれおちちゃったから。こんこんとねてもらったほうがいいのかもね。へたなことするより。

あなたはなんでもおしえてくれる。わたしがときどきめをさますと、わたしのあしもとにあなたは正座ですわってて、わたしをじっとみている。昔話みたいに。鶴かなんかのような顔で。

この星にわたししたちはいる。

はじめからしまいまでいるかくれんぼ

こどもの頃、助け鬼という鬼に捕まって手を伸ばして待っていると、誰かが助けにきてくれる遊びがあったが、みんななんでそんなに必死な顔をして助けに来てくれるんだろうと手を伸ばしながら思っていた。

鬼につかまる危険もあるのに、それでぜんぶおわりになっちゃうかもしれないのに。

真っ赤な顔で、怒ったような表情でみんな助けにきてくれる。わたしの手にやってきた手がふれてわたしは解放されて走りだす。

わたしも怒ったような表情でだれかを助けにいけるだろうか。今の話だ。

8/15

あなたの脳のきらきらにしたがって

わたしの前でいっしょうけんめい話しているあなたをみて、いま、あなたの脳きらきらしてるんだろうなあ、とおもうことがある。あなたが今わたしに話している話はちょっとおいておいて。脳きらきらしてるなあ、と。そして、その脳のきらきらにあわせて、あなたからことばを今うけとりながら、意味だったり、意味じゃない場所だったりをことばの狐を狩る猟師のようにうろうろしてるわたしも今脳がきらきらしてるだろうなあ、と。脳をきらきらさせあって、話し合ってる。

でも、もちろん、そんなことはいわない。そんなことを言ってしまったらきらきらがきえてしまいかねないから、うんうん、そうだね、そうおもう、そうかんがえたことがぼくにもありました、うんうん、いやごめんすこしいいかんじでねむってた、きもちの森みたいなとこで、うんうん、なるほどね、ありがとう、なんか感謝したくなって、うんうん、ぼくはちがうふうにおもってたけど、いまおなじところにたどりついたかんじも、そうか、そうだね、そうおもう、いろんなことばを脳がきらきらするきのむくままにあなたに投げかけた。ここ、から。

「あなた、猟師みたいなかっこうでどうしたの？」といわれたことがあったっけ。あの3月のときに。たくさんのふくろをかかえて。あかるいふくろもくらいふくろも。ファーに巻かれて。マスクして。長い髪で。あのときから、いまこのときのきらきらまでの距離。ここまでこられてほんとよかったよ。のここについてわたしも話しはじめる。

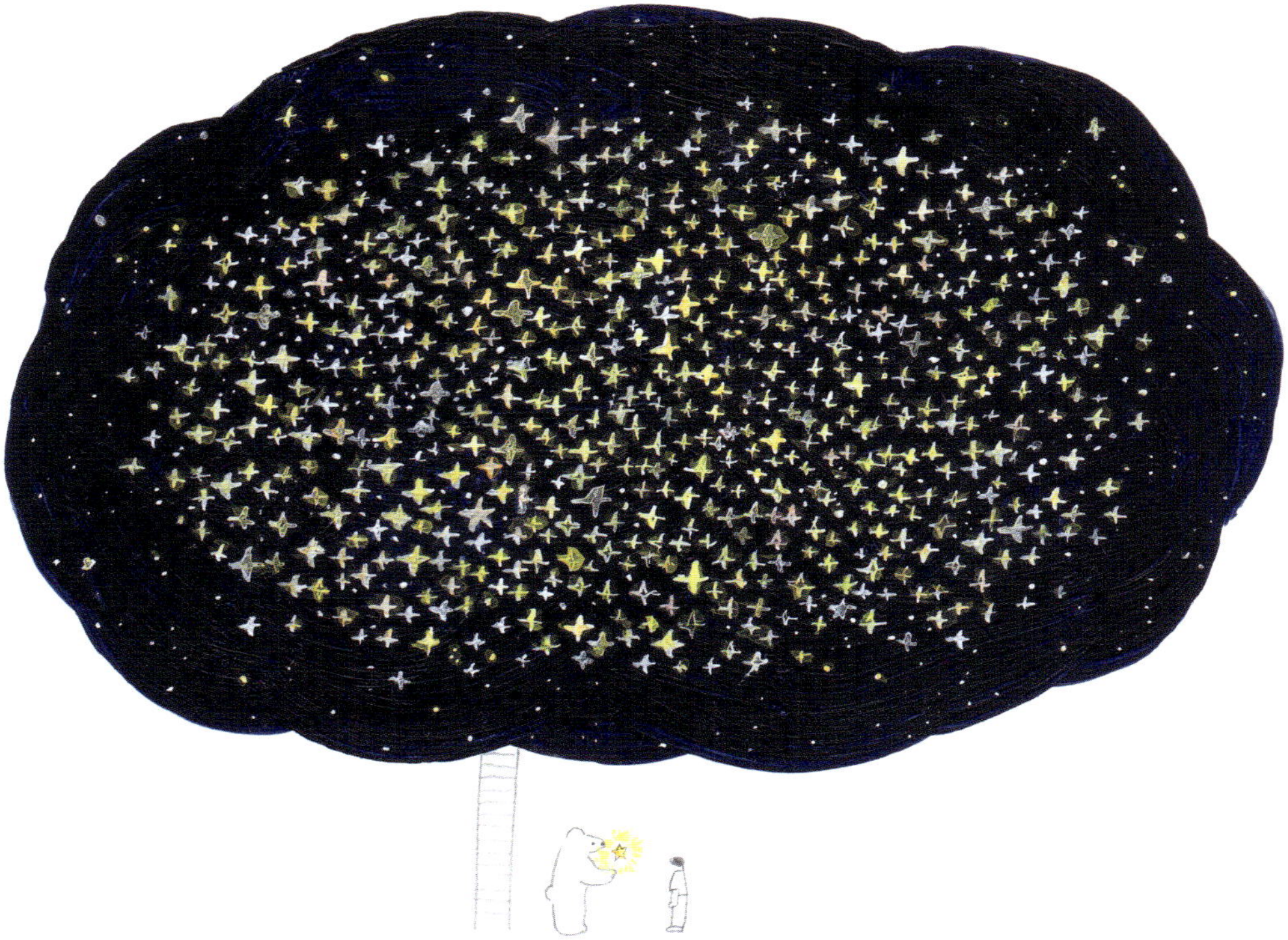

8/23

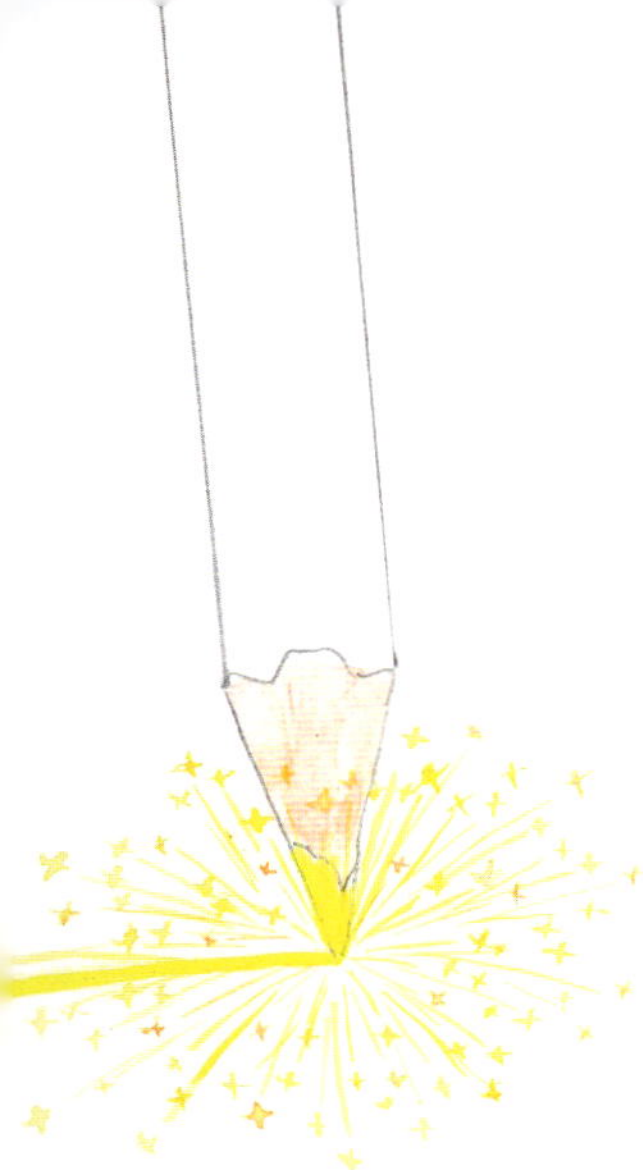

しかたのない旅

コーエン兄弟の映画が昔から好きなのだが、かれらの映画では、なんでもないようなくだらないことで、おまぬけなことで、どんどん、ひとが殺されたり、しんだりしていく。でも、じんせいって、そういうもんなのかなあとときどきおもうことがある。

わたしがある日とてもつまらない理由でしんでしまうかもしれない可能性。ものすごくまぬけな理由でころされてしまうかもしれない可能性。

高貴な死をだれしもあこがれるだろうけれど、どうしようもなかった死もあるだろう。ケアレスミスのような死だってあるかもしれない。

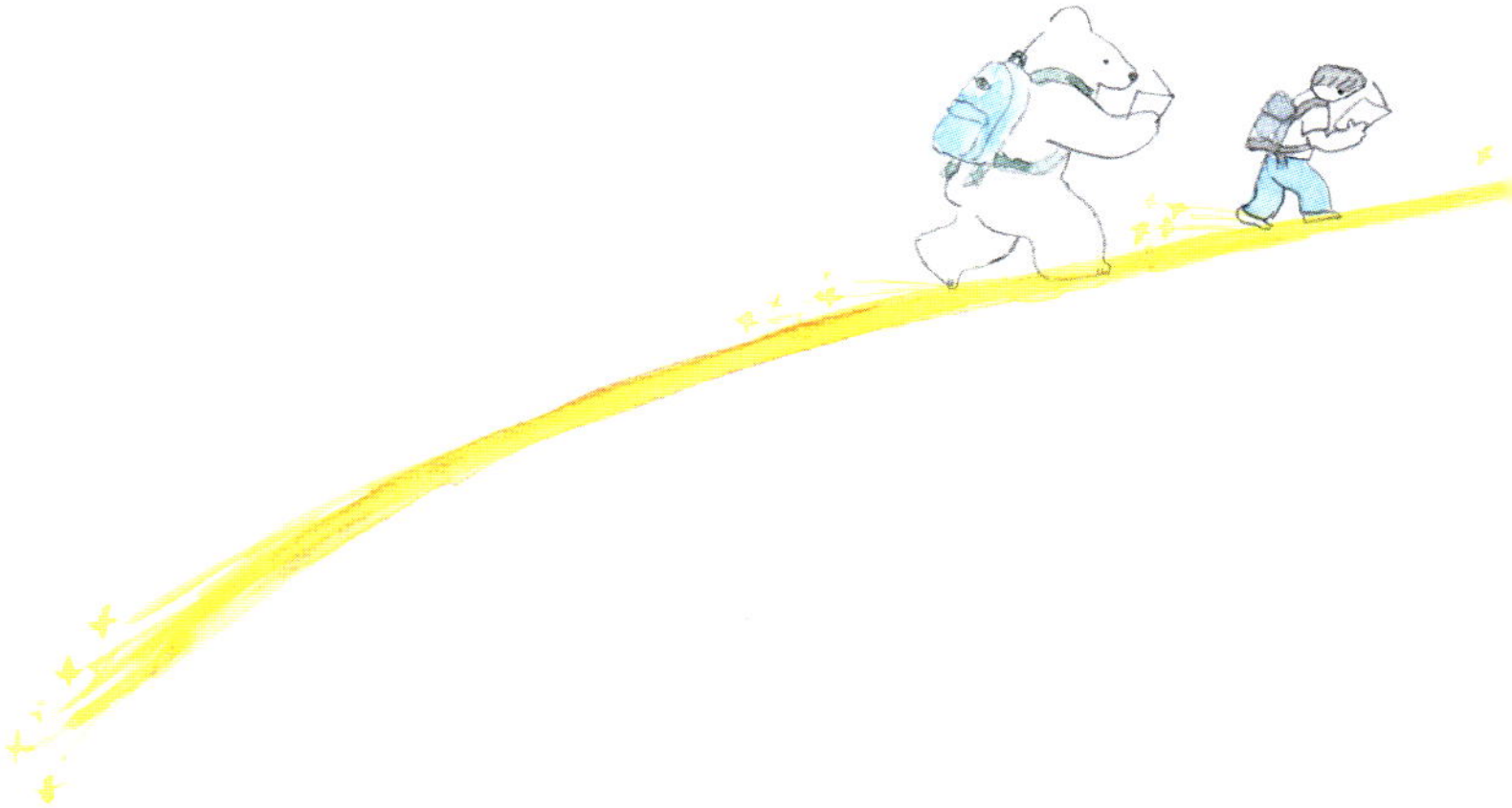

いちじき、不思議な孤独におちいったことがあった。ひとが、さーっとひいていったようにかんじられ、わたしは不思議な孤独をかんじていた。宇宙連絡船にいるようなかんじだった。でもぜったいの孤独でもなかった。難破した宇宙連絡船がかろうじて通信がとれるようにさんにん連絡がとれるひとがいた。

「なんだか不思議な孤独なんだけれどもね、しかたのない孤独かもしれないともおもう」「しかたのない孤独」「そう、しかたのない孤独」「そう」

なんの意味もない通信。でもさいごにたったいちどだけ通信ができますよといわれて、そんなふうに終わった通信。

8/31

「あなた、この星にはじめておりたひとみたいね」

朝の四時くらいにデニーズにいると、四人くらいのひとが店内のあちこちに点在している。

中にはくちをあけたままねむっているひともいる。空と交信しているみたいに、夜天高く顔を上へ上へと向けている。でもそれが宇宙通信でないなんていったいだれにわかるのか。

中にはなみなみグラスにクリームソーダをそそぎ、それをひたすらこぼしながら歩いているひともいる。はじめてこの星にやってきたひとなのかもしれない。だ

から、緑のソーダを選んだのかもしれないし。

ただわたしもはじめてこの星にきたひとのように四時くらいはあるいている。ほとんどすれちがうひともいない街。ゾンビ映画でよくみるような街の風景。ときどきひととすれちがうと少しどきどきする。森からでてきてはじめて人間と会ったときみたいに。

「あなた、この星にはじめておりたひとみたいね」と言われたことがあった。そう言われたときわたしは、あっちこっち動くストローをくちびるでつかまえるのにひっしだった。みずびたしだった。

9/1

風で説明するようになったよね

ソファーでイランの映画をみているうちにうたた寝してしまう。秋のちょうどいいあたたかさとつめたさのなかで、部屋のなかには風も吹いていない。

イランの映画は、別れた夫と妻とその恋人とその妻をめぐる映画で、別れた夫と妻はじぶんのこころを隠しつつ騙しつつ二人で会話している。わたしは目を閉じたり開いたりしている。ときどきわたしはうすく気が遠くなる。

妻がかえってきて、パンを買ってきたよというので、わたしはうとうとおきる。パンを食べながら妻とイランの映画をみる。

これなんのパン？　とおおきなふくろをご

そごそしながらきくと、枝豆とチーズのパンだよという。

ちいさな包装のふくろをやぶりながらパンにかみつくと、あれこれ入ってるのひじき煮だよ、と妻にいう。ほら。

じゃあまちがってかってきちゃったんだ、枝豆のパンのとなりにひじき煮のパンがあったから。そう。うん。

ねえあのさ、ソースを使わないでつくった焼きそばパンもあるよ。えっ、だいじょうぶなの、そんなことまでして。そうか、そんなことまでもうできるようになってるんだ。うん。それももらうよ。ぜんぶもらうよ。

ふたりでパンを食べながらイランの映画をみている。風は無風。別れた妻と夫はやりなおそうとしている。

そういう夢をみた。

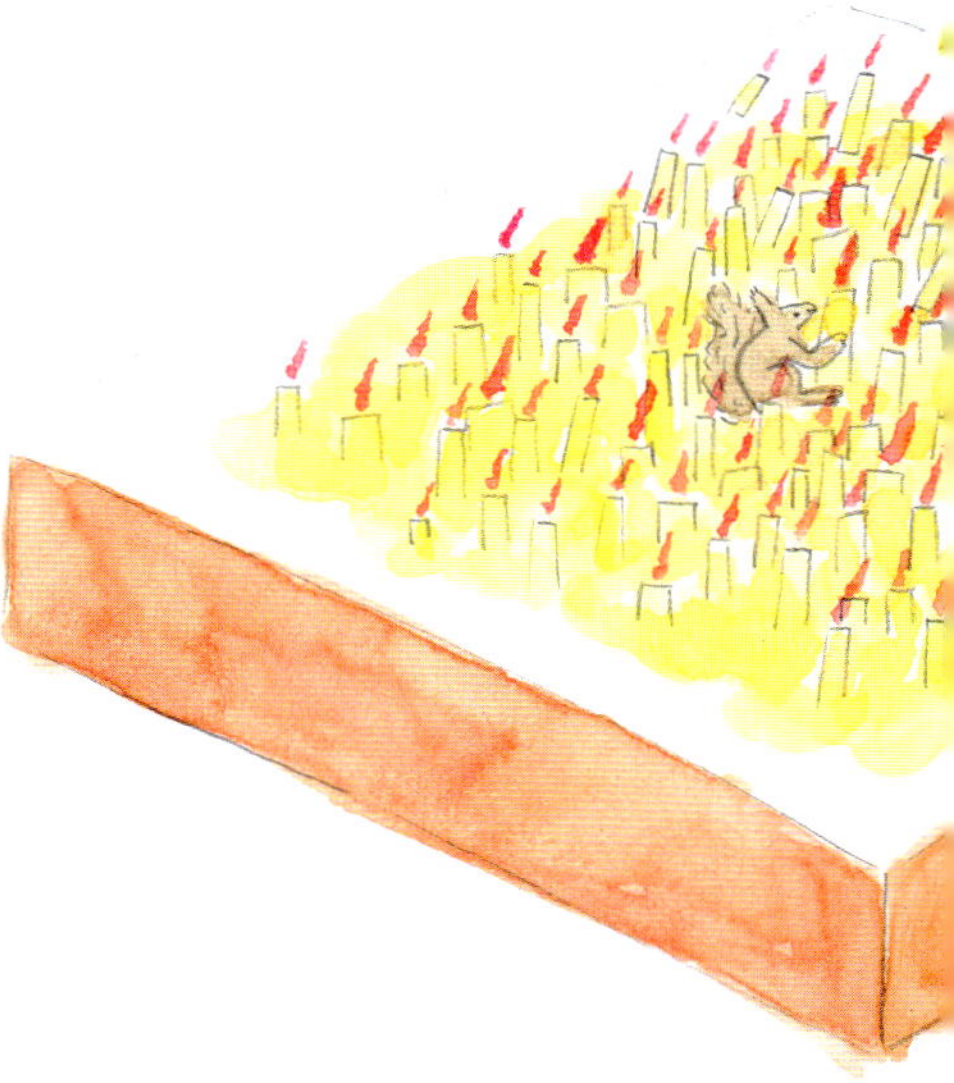

9/6

電話きてゆるくやさしくいとおしくねむくさびしくちょっとだけすごい

猫と電話させてくれるというので、もしもし俺なんだけど、と言うと、相手、相手といっても猫だが、黙っている。

わたしもよくしゃべる人間ではないので、しばらく黙って耳をすませていると、相手もだまっている。猫だが。

さいきんいいかんじだよとても、とわたしはいう。ちょっとしたうそを。

あいては、だまってる。

あとね、げんきだよ、めずらしく。うそだけど。

にゃあ、とさえ言わない。なんなのか。

ねえきいてる？　といっても、だれもなんにもしゃべらない。ほんとうに猫がいるんだろうか。フェイク猫じゃないのか。ねこねこ詐欺というか。あのさ、俺、猫なんだけど、という。

あのさ、もういいよ、となんとなく飼い主に話しかけても、飼い主もだまってる。

わたしはふっとこんなことをおもう。映画の『クレイマー、クレイマー』では妻と別れたダスティン・ホフマンがさいごにはフレンチトーストをつくるのがとってもじょうずになった。わたしもいつかそうしよう。

9 / 8

「星とりなよ」と怒られる

これはいい？　ときくと、
まあそれはいい、というので
ひろって、かごにいれる。

かご、どうしたの、ときみがいうので、
ひろったんだ、とこたえる。
星のふる丘で。

「星のふる丘で」はうそをついている。
うそをつかないでねおねがいだから、
ときみからいわれる。

これもひろっちゃっていいかな？　ときくと、
まあいいかなそれも、というので
ひろってコートのポケットにいれる。

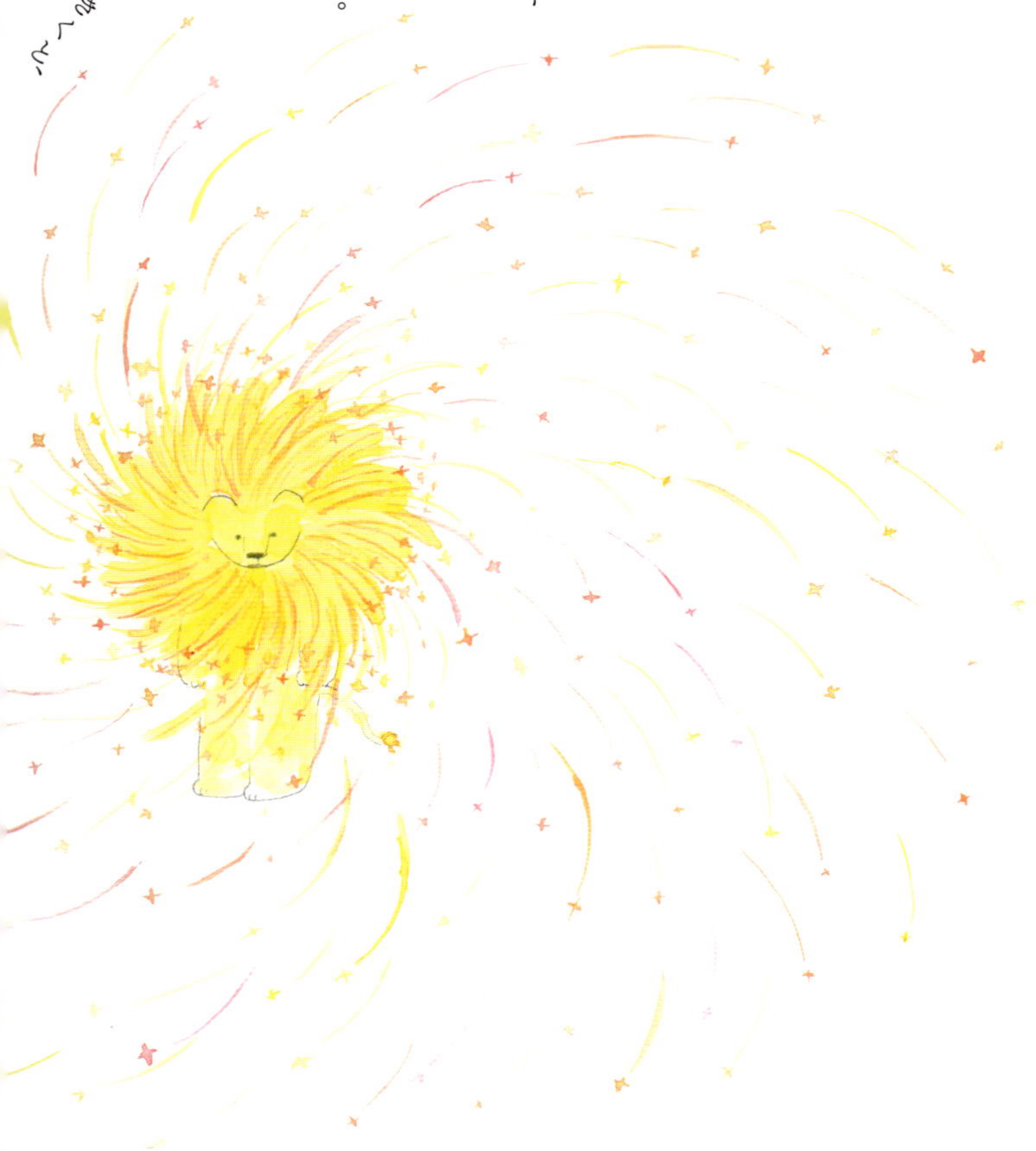

まさかそのトレンチもひろったんじゃないでしょう?
ときかれたので、
ある日森のなかで、
とわたしはこたえる。

「ある日森のなかで」がうそで、
おねがいだからうそはつかないでねはやくかえってきてね、というきみのことばをおもいだす。

こんなんはどうだろう、ふやふやしてるひかるもの
とわたしはきみにきく。

どうかな、ときみがいう。

わたしは、またうそをつきそうになる。

うそはつきたくなかったから、わたしは、
星ひろう。なんでもひろわないでねときみにいわれる。「はい」とこたえる。

おすもうさんのテレビをつけて毎日ねむる

さいきん、ねむるときに、すもうのテレビをつけてねむっている。

ぱしーんぱしーんと肉と肉が打ち合い響きあう音が、まるで森のなかで斧で木を切っているような音で、ふかく、谷の底のような感覚でねむることができる。

音がとってもよく響くふかい森で、おおきな木を切り倒そうとするおじいさんが、なんどもゆっくりと斧を木の腹にうちこんでゆく。ぱしーん、ぱしーん、と。おじいさんの犬はかたわらでじっとそれをみまもっている。その木とおじいさんと犬を取り囲むようにして、森いっぱいに無数のおすもうさんたちがおすもうさん同士でゆっくりとおおきくひろくあつい肉と肉をうちこませ、くいこませ、同じ音を打ち鳴らしてゆく。ぱしーん、ぱしーん。

おすもうさんたちはどんどんふえてゆく。

わたしはじぶんがふかい森のおくでひとつの巨大なまるになったようにかんじる。わたしはねむる。ぱしーん、ぱしーん。おすもうさんと森は似ている。

9/13

春に届いたてがみを秋にあける（こわかったので）

てがみを開封する勇気ってみんなどうやって蓄えてるんだろう。ねむってるときに手を重ねあわせたりしながらたくわえてるんだろうか。てがみをひらくゆうきを。手をかさねあわせてそのうえに顔をおいて眠ったりしますよね。

それとも自転車をこいだりするとそのエネルギーで手紙の勇気がたまったりするものだろうか。あるいは人と手をつないで歩いたときに手紙の勇気をあいてから吸い取るとか。手に包まれた手から。

春にとどいたてがみを秋にあけたことがある。なんだかこわかったので。てがみをあけたら、なかから、猫のおもちゃがころころでてきた。ちびっちゃい猫のおもちゃがたくさん。それからわずかな紙にわずかな文章が書いてあって、あなたいい声してるね、また春にあえたらあいましょうと書いてあった。もう秋だ、とわたしはおもった。

てがみをひらきなさい、と怒鳴られたことがあった。昔、わたしは、星のことで怒鳴られたことがあったが、こんどは手紙かあとおもった。星のことや手紙のことで怒られたりする。こんな年になっても。

もうずっと残ってなさい！　と言われた。

いや、でも、どこに、とも聞けず、わたしはできるだけ底のほうに底のほうに流れこんでいった。秋にあけるよ。

9/15

ふたりのずっとふわふわした会話
　ソラリス・ステーションで

スタニスワフ・レムの小説『ソラリス』
　でさいごにちょびっと愛がでてくる。
この愛はなんだろうとときどき考える。
いなくなったひとや去ったひとに
対してわたしたちはずっとふわふわ
　しつづける（んだろうか）。それも
ひとつの愛のかたちとして。ずっと
　宇宙ステーションで愛を更新しつづ
ける。宇宙服や作業服を着込んで。
　喪われた愛を修復しつづける。

眼鏡かけたまま宇宙船に乗りこむ

ものを整理して捨ててゆくうちに、眼鏡も捨てなきゃなあと思い、いろいろな眼鏡をかけては外し、かけては外し、していた。夢のなかにも持っていった眼鏡があった。夢のなかで私は眼鏡をかけていた。「必要ないんじゃない？」とあなたに（夢のなかで）言われても、わたしは笑ってごまかしていた。

9/21

すごく眼と眼が
眼と眼をみて話す

ときどきすごくわたしの眼をみて話してくるひとがいるので、そういうときは人生の確変のチャンスとおもって、わたしも眼をみて話すようにしている。すごく眼が眼をみて話す。

9/25

すべての電話を総括したような

また猫と電話させてくれるという。うれしい？　というので、うれしいよとても、という。でも、あのね、こないだ、そういわれて電話でいっしょうけんめい猫に話しかけたけど、彼女ひとこともしゃべらなかったよ、にゃあともいわなくてね、ふーとかうーとかもいわなかった、よく爪きられるとき、うーっていってたけど、うーともいわなかったけど、ほんとうに猫がそもそも電話したいなんていうんだろうか、ときくと、電話したがってるという。

もしもし？　というと、やっぱり黙ってる。やっぱりかあ、とわたしはおもう。にゃあ、とすら言わない。試しに、にゃあ、にゃにゃあ、と小声でいったが、とくになんの反応もない。わたしがひとりでおろかを直進しただけだ。いままでにゃあなんていったこともなかったのに。

あのさ、やっぱりもういいよ、前回とおなじだよ、となんとなく飼い主にそれとなく話しかけたが、だまってる。うん、も、にゃあ、もない。わたしは冷たいテーブルに静かにうつぶせになったままのiPhoneを思い浮かべる。そこからわたしの声がちいさくもれている。

にゃあ、と。

9/28

へー魂にも歯があるんだ

でんしゃのなかで、いまこのでんしゃのなかには、どれくらいの歯が乗っているのかなあと考えることがある。隣のひとも歯がある。前に立つひとも歯がある。車掌さんも歯があるだろう。なにか有事がこの電車内であれば、警察がくる。警察にも歯があるだろう。わたしたちを心配するひとにも歯があるだろう。

わたしたちは歯を運ぶ船のようなものだ。歯をくちのなかに乗せて、東京から埼玉に行ったり、神奈川から帰ってきたりする。わたしたちは歯の運び屋だ。

わたしの歯を覗く歯医者さんにも歯がある。その歯医者さんのおとうさんにも歯がある。だれかが戦争にいけば、戦場に歯が落ちる。宇宙にだれかがむかえば、宇宙まで歯は運ばれる。

たとえばだれかと同棲する。歯は出勤し、歯が帰ってくる。歯は歯を待っている。待たれた歯は帰ってくる。歯をわすれるということはない。会社に眼鏡はわすれても、歯をわすれては帰ってこない。歯はいう。ただいま。歯は歯にいう。おかえりなさい。

映画やドラマやCMをみていても、歯ばかりだ。テレビに歯があふれてる。

水木しげるのジキトリという妖怪をみていた女の子がかつてわたしにこういったことがある。

「魂にも歯があるんだ」

10/3

フィナーレでわたしひとりが眠り込む

「ねえねえ、ちょっと！」とわたしの肩をゆさぶる。ひとがいまいるのにねむっちゃうってどういうことなの⁉　ちょっと、起きてよ！

わたしは麻酔のかかったコアラのようにまどろんでいる。どうしてこんなにいつもねむたげなにんげんになったんだろう。わからない。大事なシーンでもねむってしまうことがある。

クリスマスの日にねむくてねむくてしかたなく、ずっととろとろとろ火をおこすようにまどろんでいたら、女の子から、わっと泣かれたことがあった。どうしていつもこんななの！　わたしもうやだ、と。

ぼくだっていやなんだよ、とおもいながら、めはまどろんでいる。ハーブスの巨大なミルクレープ。メロンやキウイや苺がはさまっている。カスタードクリームもたっぷりと。くずさずたべるのがたいへんなやつで、わたしはそれと女の子と雪のみえる窓をまえに、まどろんでいた。

脳がおかしいんじゃないかとおもったこともある。あるいは、眼が。あるいは、心が。あるいは、この地球が。

わたしにだけまどろむようなガスが地球の微細な穴からたえずでているとか。ねむれ、と。

だって、なんか、おかしいもの。

と、おもいつつ、もう、ねむっている。

どうするんです、これ？　とわたしはおもう。わたしにたいして。

いや、地球にたいして、おもった。

10/5

もうバスがでるんですす手をみせてください

わたしはその思い出をわすれてしまっているけれど、思い出のほうがわたしを覚えているばあいがある。

ある駅に降りたらある思い出がきゅうに思い出されて、これほんとに俺の思い出なのかなあ、とおもうことがあった。

その思い出のなかのわたしはガーデンマムの2色植えの鉢植えを買い、花屋さんを出るとその花屋さんの隣にあったケーキ屋さんにすぐに入り、アップルシナモンのケーキを買った。手に花とケーキを持って歩いていた。これから誰かに会うのかもしれなかった。わたしは思い出せなかったが、思い出のなかのわたしは誰に会うのかもちろんわかっていて、おもいわずらうことですか？　おもいわずらうことなんてなにもありませんよ、という顔であるいていた。いっしょにあるいているひともいた。いっしょにあるいているひとから「あなたには無理だよ」と言われていたが、そんなことはないです、という顔をしていた。そしてとつぜん二人は走った。バス停にバスがきたから。思い出がきゅうに速くなる。思い出のなかのひとたちが走り始めると思い出の速度もあがるのだろうか。りょうてに花もケーキもあるからバス代払ってもらってもいいかな、といっしょにいたひとに言って「なんであたしが」と断られている。ことわられているなあとわたしはおもう。わたしがとおざかってゆく。思い出終わり。

花やケーキやそんなことはないですの思い出。ここの駅はそういうわたしがいたとこなんだなあ、とおもった。ことわられてたなあ。またあるきはじめる。

霧の中霧のお馬が駈けてゆく

わたしが川柳をはじめたのは
川柳作家の小池正博さんの

たてがみを失ってからまた逢おう
小池正博（『セレクション柳人 小池正博集』）

という句にであってからだ
った。

なんだかこの句が象徴的なように、
わたしは人生で、なんどもなんども
たてがみをうしなって、しっぱいしな
がら、うろうろしながら、ここまでき
たようなきがする。そのしっぱいごとに、
そのしっぱいの度合いにおうじて、そのたび

ごとのだれかにであっ
てきたようなきがす
る。しっぱいする
と、だれかにであえ
る。それがいいこと
なのかわるいこと
なのかちょっとわ
からない。

しっぱいには、いいし
っぱいとわるいしっぱいが
あるだろう。けれど、ふしぎな
しっぱいもあるだろう。

ふしぎなしっぱいをしたい。

10/17

火を放ついろんな愛を知ったあと

電車を待っていたら、なんかいろんな愛があるなあ、ときゅうにわたしに言ったひとがいて、たしかにこの世界にはいろんな愛があるよなあとおもった。

雑な愛も、ずさんな愛も、やっつけの愛も、かんたんな愛も、むずかしい愛も、あたまからつまさきまでとびきり価値のある愛も、水のように流れていく愛も、つかのまの愛も、愛にむかない愛も、乱暴な愛も、おたがいほろびあいながらの愛もある。

たしかになあ、いろんな愛があるよなあ、とおもう。

電車がくる。決まった時間よりはやく。わたしはあたまをさげて乗り込む。あいてもあたまをさげる。いつもの暮らし。

10/20

しぬまで部屋のすみっこにある「おはようございます」

早朝の郵便局の24時間窓口にいる映画『ディア・ハンター』のジョン・カザールのようなおじさんにあたまをさげて速達をわたす。おじさんがゆっくりと「おはようございます」と言ってくれる。わたしもゆっくりと「おはようございます」と言った。

早朝はゆっくりとながくこころをこめて「おはようございます」と言える時間なのかもしれない。森で鹿をさがすように「おはようございます」とさいごまでいえる。「おはようございます」にはたっぷりとした時間と心の準備がひつようとされる。はじめて鹿を撃つように。「お」から「す」までの長さをわたしたちははじめての森のように歩く。

10 / 24

仲のよいふたり　テレビを詩のようにみる

どうしてこんなにテレビが好きなの！　と怒られたことがある。ちょっと振り返ってみると、ずっと、ひとを変えて、どうしてそんなにテレビが好きなの！　と怒られてきたようなきがする。そんなにテレビが好きなひととみたことないわ、と。

テレビがきになって旅にもでられない。

でも、じぶんにとっては、テレビが詩のように感じられることがあって、ぜんぜん飽きることがない。まるで詩を読むようにまいにちテレビをみている。すてきな詩句のようなものをクイズ番組に発見しては、胸をおさえたりしている。なんでこうなっちゃったか。

俳句もテレビから教わった。わたしは高熱であたまをくらくらさせながら、テレビをみていた。神野紗希さんが司会をしている俳句の番組がうつって、たまたま見たにもかかわらず、それはおもしろく、わたしは高熱で意識がとびそうになりながら、ちょっと思わずわらってしまったりしていた。いっしょにたまたまみていたひともわらっていた。俳句の番組なのに、おもわずわらっていたのがわたしにはなんだか不思議におもわれて、それからなんとなく、俳句にきょうみをもっていった。不思議なテレビとの通じ方だった。

それから何年かたって、ある会の出席者みんなで昼ご飯を食べていたとき、たまたま神野さんが隣にいて、あのときのテレビ番組が、とよっぽど言おうとしたけれど、いうひつようはないことだよなあ、と思ってなんだか言わなかった。あのときいっしょにテレビを見ていたひとにも伝えたかった。ねえねえあのねえ、あのときテレビに出ていたひとがいま僕のとなりにいるよ、と。話しかけている。でももうそのひともいなくなっていた。みんな、木の椅子にすわって、木のおおきなテーブルで、スープをのんでいた。あのときたまたまつけたテレビで、思いがけなくわらったことで、いまここにいるのかもなあ、といっしゅんわたしは思った。きっとそうだ、とわたしは思った。

10/25

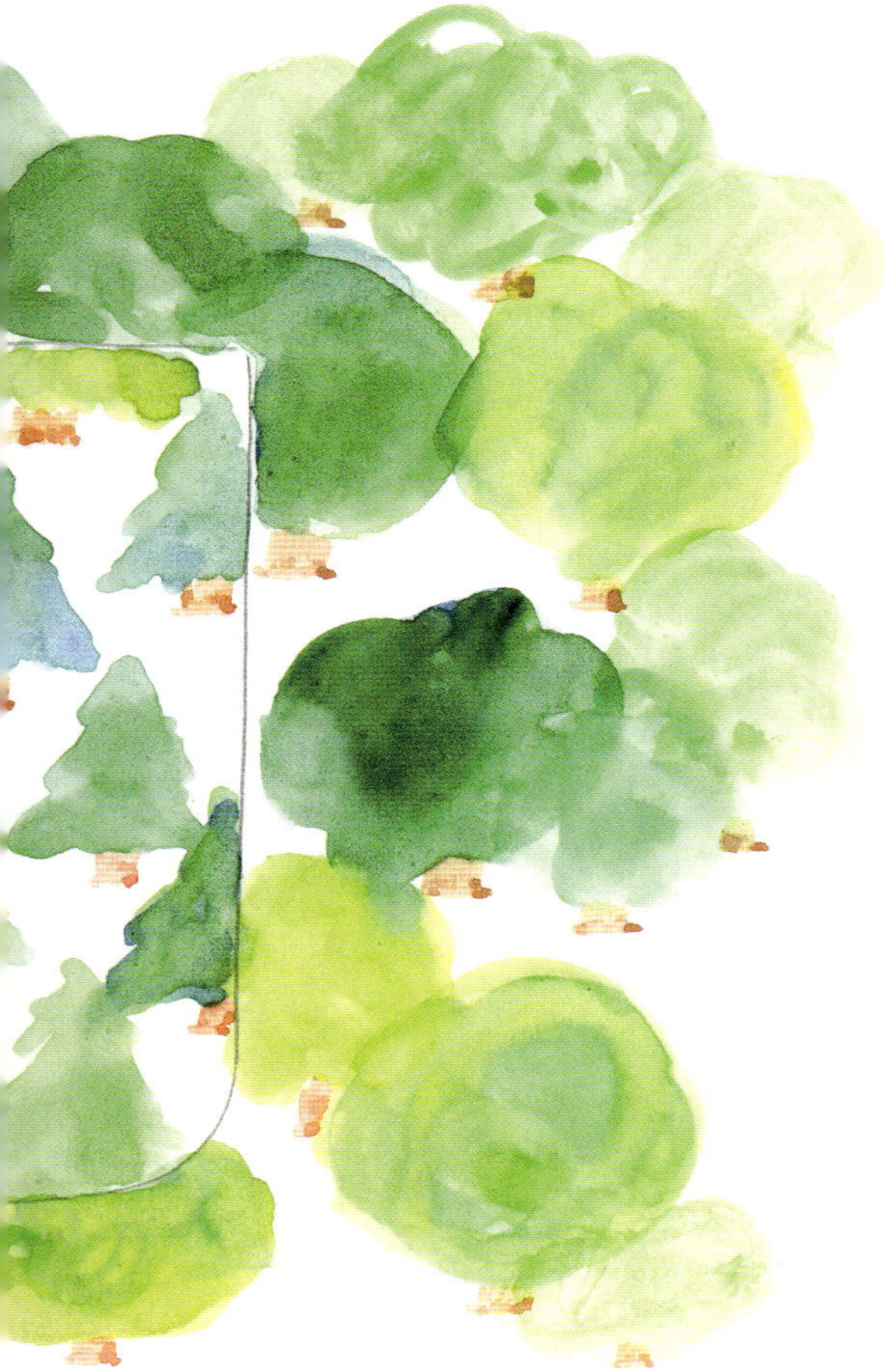

きちんと計算すると
この穴にたどりつく

よく、なやんだときは、日比谷公園をうろうろしている。

だいたいじんせいで大事なことはこの日比谷公園で起こってきたようなきがする。そうだ、あの花壇のあたりでわたしは電話したんだ。あのときの電話をうけたのはあの噴水のあたりだった。

日比谷公園に運命をかんじて昔バイトをもうしこんだら、「あんたはほうちょうはもたないで、本もってたほうがいいんじゃないですか」と断られたこともあった。「そうですよね」とわたしは言ったようなきがする。

日比谷公園でサイレンの音をきいたこともある。だれかが、もう、走り始めていた。おじいさんがわたしの肩をつかんで、あんたも走るんだよ、と言った。わたしは、はい、と言ったようなきがする。

10/26

ムーミン谷と霧でつながっている

ムーミン谷ってそう遠くないんじゃないかなあとおもうこともある。ムーミン谷には雪が降り、雪が降ればムーミンたちは冬眠してしまうが、その雪はわたしたちの国にも降る。バスからみる雪景色とムーミン谷の雪景色はそうとおくないんじゃないかとおもうこともある。

大学院のころ、ひとり、資料館に通わなくてはいけない用があって、そのときなんだかほんとうによくムーミン谷のほんを読んだ。ムーミン谷のひとたちはねてもさめてもみなひとりひと

りとして生きていた。みんなでいるなかのひとりとして生きる。それが、あの谷のポリシーだったんじゃないかとおもう。

霧のなか、谷のひとたちは、遠くに旅をしまだ帰ってこないムーミン一家のことを思い続ける。あしたも変わらないじぶんがくるだろう。でもそうおもいながら明日へむけてねむりこむじぶんには希望があるだろう。あした家族は帰ってくるだろう。そうして今までとはちがったなにかが、ちょっとした変化が訪れるかもしれない。冬がちかづいている。

一時期、あの谷で暮らしていたこと。

10/31

会話がすすみ焼き立てのパンになってゆく

とつぜん脳裏にぱっと浮かんだパンがあって、あれあのときのあれがどうしても食べたいと思ったが、どういうパンだったのかおもいだせない。

くちにいれると焼きたてのあまいかおりがひろがったきがする。これからどうなるんだろうというかんじも。すこし揚げてあったようなきもする。まわりはさくさくして、なかはむっちりしている。でもどうしても思い出せない。じぶんで買ったパンでもなかったようなきがして、電話をかける。

思い出せるかぎりのパンの情報を電話ごしにあいてに与えるが、「どうしてわたしがあなたの過去のパンのことなんてしってるの？」という。「うーん、あなたが買ってきたようなきがするんだけど」「いつ？」「秋に」「秋のいつ？」「秋のはじまったころ」「いつはじまるの？」「思いがけずに」

「パンは無数にありますから」と言って電話がきれる。答えはじぶんのなかにある。それはわかってる。たれるようなチーズは入ってなかった。ぜつみょうな香りが広がるあんバターも入ってなかった。秋になったばかりだった。これなんのパンとなんどもききながら、たべた。ときどき窓のほうを見た。風はなかった。あったかかった。

11/2

秋のポテトサラダ女の子が好きな女の子

女の子はすごくかんたんに、それつまんないね、と言ってくる。あの噴水つまんないね、その書いたのつまんないね、空つまんないね、あのバスつまんないね。「いやでもバスは乗るためのものだし、運んでくれるものでしょう？　つまんないとかじゃなくてありがたいものだよ。おもしろがらせようとしてるわけではないから」「ふーん」　文学ってつまんないね。

つまんない、って価値観があるんだなあとおもう。そこからいろいろうまれるものも。あなたが生まれてきたのつまんないね。に出会う衝撃。

11/14

テレビがおわってから
こどものころカーテンのなかで
たったひとつ願ったこと

思想家のベンヤミンが、こどものころ
に願ったことは思いがけないかたちで
叶う、といっていた。

でも、叶ったとき、あなたはもうそれ
をわすれているんだよ、と。

にもかかわらず、願ったその願い事は
叶うんだからね、と。

でも、かなう。

11/15

眠るたびに上下左右がいきいき

もう冬眠の時期です、
これからすごく
たくさんねむります、
もう浮かび上がれない
くらいねむるの、という
手紙をもらったことがある。

わたしねえ、ふだんはすごく
髪がぼさぼさで
ぶ厚いめがねをかけて
いるの、そう見えない
でしょ、とも言って

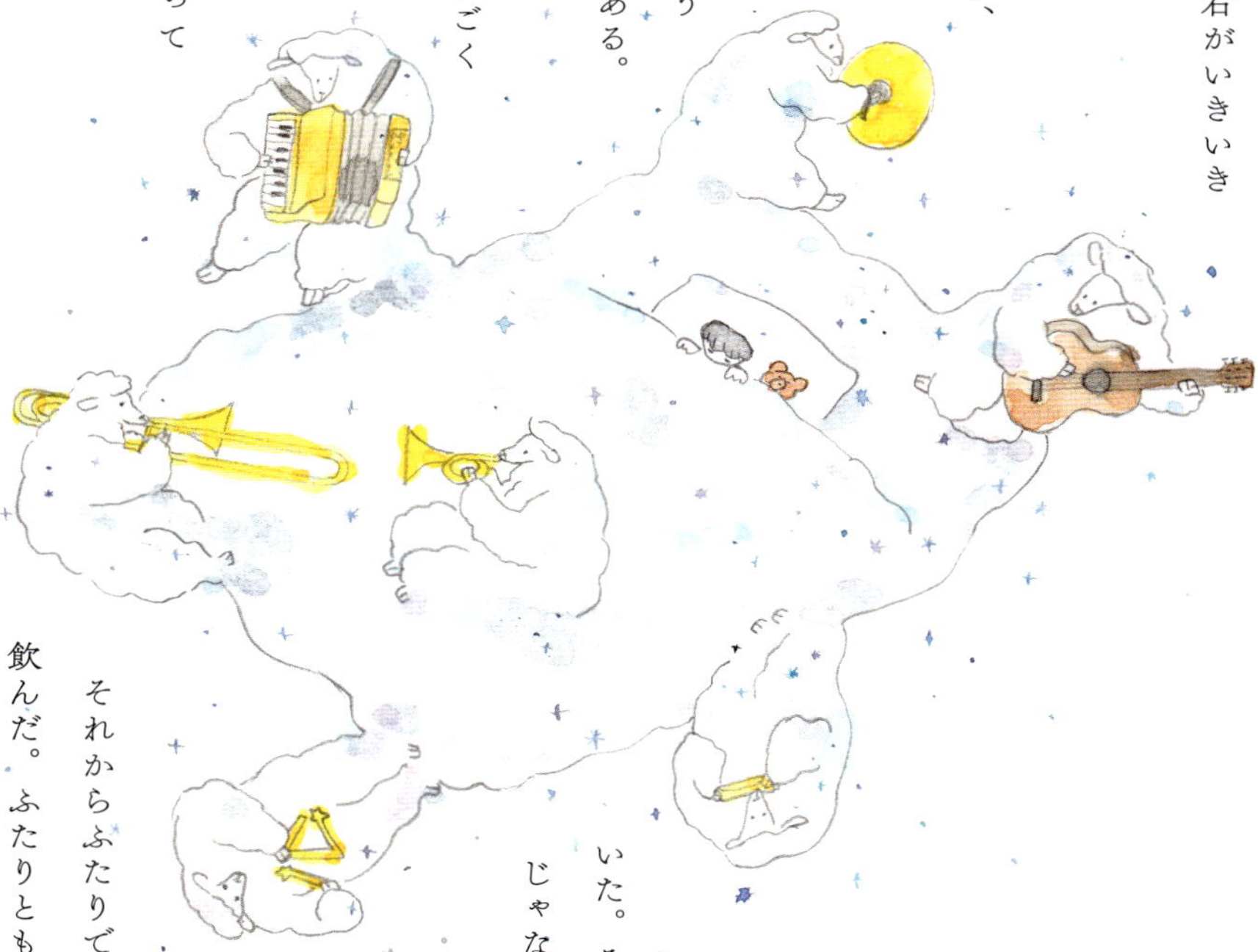

いた。それはてがみ
じゃなくて。くちで。

そう、といって
観覧車に乗って
からいっしょに
公園をあるいた。

それからふたりでビールを
飲んだ。ふたりとも
のめないのに。

11/18

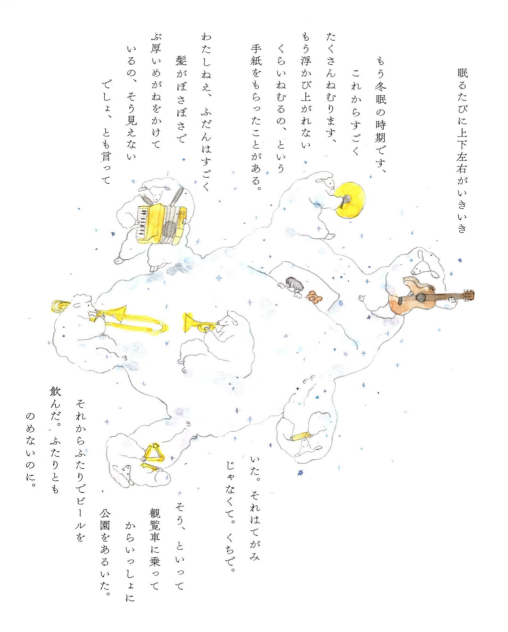

わたしはしあわせですっていってみろ

すごく、とっても、かんたんな文が、文学になるしゅんかんがあったらいい。

木がある。かれはまだこない。ふたりだけ。あなたが「わたしはしあわせですっていってみろ」とわたしにいう。わたしは「わたしはしあわせです」という。あなたは「会いたかった」という。わたしたちはだきあう。わたしは「わたしはあんまり会いたくなかった」という。「でもまたおれたちここにいるだろ」とかれがいう。「また会えたんだ、おれたち」「なにをしたらいいの?」「わからない」

あなたはときどき臭う。かれはまだ来ない。わたしたちは待っている。わたしはきのう土のうえでねむった。ときどきこのあたりは火のにおいがする。

11/28

「特異点としていま
おにぎりをつくることを
想像しましょう」

うつらうつらラジオをきい
ていたらふっと流れてきた。
すぐにまたねむってしまっ
たので、なんだったのかは
わからない。

11/29

いつどこでだれといたって伸びる髪

漱石の『夢十夜』の第一夜では、男が女から「百年待っていてください」と言われる。ちょっと足りない野菜でも買ってくるように言われる感じで、百年待ってろ、と。

『三四郎』も『それから』も『行人』も『明暗』もそうだけれど、漱石の小説では、男が愛を女から試されるのかもしれない。もしかしたら漱石の男たちがクレイジーになるのは、試されて試されて試された果ての狂気なのかもしれない。

アニメ『ニルスのふしぎな旅』の「月夜に浮かぶ幻の街」では、百年に一度助けられる死んだ街のひとたちをニルスが助けそこない、みんな、また、死んでいく。ニルスは百年は生きられないだろうから、街のひとたちは、また百年、二百年、三百年、待たなければいけない。

街のひとたちは百年も待ってる。生き返るために。漱石の男は百年も待ってる。生き返るのを。

大勢の百年の孤独。一人の百年の孤独。

12/1

きらきらの反対ってぼそぼそ?

わたしは海外ドラマシリーズの『名探偵モンク』が好きだったのだが、強迫神経症で不自由な思いばかりしているモンクにとって街をなにげなく歩いているひとはぜんいんきらきらしてみえる。

わたしもバスに乗っているとき、乗車してくるひとたちをみては、なんてみんなきらきらお金を払ったり、PASMOをかざしたりしているんだろうと思った。

電車に乗っているとき、車掌さんが走ってきて、きらきらしているなあとおもった。車掌さんがもうひとりの車掌さんに「あっち?」ときくと、「あっちでいいとおもう? おい、あっちか?」ともっと奥にいる車掌さんにきいた。手前の車掌さんも奥のほうの車掌さんも、みんな、きらきらしていた。わたしは車掌さんってこんないっぱいいるんだとおもった。わたしひとりぼそぼそしてるんだなあとおもった。同窓会に行けなかったり、誘いを断ったり、わたしひとりぼそぼそしているなかを、「おいやっぱこっちだ! こっち!」ときらきらたちがまた走ってゆく。

12/2

十二月助けてくれた霊たちと

さいきん、シーツの霊の映画を観たひとの話を聞いた。「幽霊とね、恋人しかでてこないんだよ」「ああ。へー」「こいびとをみている幽霊の時間がいように長いんだ。ねむっちゃってね。ねむって、おきても、まだみてたんだ、その幽霊、こいびとのこと」「そう」

「ぜんぶやりなおすかんじなんだよ」「しんでからやりなおすんだ」「幽霊って、時間がないんじゃないかな」「えっ」「じかん」

なんで『クリスマス・キャロル』で、三人のゴーストたちはあんな意地の悪いスクルージ

を助けることに決めたのかなあとおもう。もっと助けてもらいたい善人たちがたくさんいたんじゃないか。どうして三人はあのひとりの老人のために時間とてまをついやしたのかなあとおもう。幽霊たちのやさしさ。幽霊たちとクリスマスに過ごしたふしぎな時間。

わたしたちにはやり直すための時間がある。いきてるひととも、しんだひととも、やりなおす。

「シーツの幽霊になってもずっとまた家で待ってるんだよ。なにを待ってんのかはわかんないんだけどね。待ってんの」

待っている、と言う。

12/13

四姉妹おなじのに囲まれている

高校のときに向田邦子のＮＨＫドラマシリーズ『阿修羅のごとく』を何度も何度も繰り返し観ていた。なにかの愛にかんするひみつがここにはあるような気がして。

つい先日、再放送があった。

爆笑問題の太田光さんは、このドラマには、あらゆる関係が描かれていると←

ひとはひとつでいいのに、さらに愛を重ねていくことがある。愛してるのに、愛されてるのに、もうひとつ愛をふやしていくことがある。関係をふやしていく。なんでだろう。愛には修羅があり、阿修羅のように多様な面をもっていく。

阿修羅の顔はなんでみっつもあったんだろう。チェーホフの『三姉妹』はなんで三姉妹だったんだろう。谷崎潤一郎の『細雪』はなんで四姉妹だったんだろう。

『阿修羅のごとく』では、四姉妹が、おなじような

いう。母と娘、父と子、夫と妻、男と女、大人と子ども、姉と妹、既婚者と独身者、男と男、女と女。

ねえ。ひとつ、でいいのよ。

と、あるとき、わたしに言ったひとがいた。

ひとつで、いい。

わたしはくりかえした。

ひとつでいい。

家で、おなじような顔をして、ちがう愛を生きていく。おもいがけない愛のかたちに出会い、それぞれにちがう愛の反応をみせてゆく。

それでもここを生き抜けるしかないのかね、とわたしはおもう。今、観直して。あの頃の十代のじぶんと向田邦子にむけて。問いかける。ぬけられるのかわかんないけれど。みわたすとおんなじ顔にかこまれて。

12/17

スナフキンの起こした風に木の葉散る

早朝にひとに会いにいっていたときがあって、そのとき早朝のアニメとしてムーミンがやっていたので、ムーミンを見てから会いにいっていた。

ティーティーウーというスナフキンを好きな小動物がでてくる。かれはスナフキンをすごく慕ってる。ねえねえあなたなんでもしってるんでしょう、あなたってすごいひとなんですよ、と。

つれないスナフキンは、あっちいきなよ、という。たちですか、わかりました、と小動物は肩を落とし帰ろうとするが、そうだ！　名前をぼくにつけてくださいよ、という。そのときスナフキンが彼につけてあげた名前が、ティーティーウーだった。はじめは元気に、さいごはすこしさびしげに終わる名前。それが、ティーティーウー。

そんな考え方ができるなんてスナフキンはちょっと短詩人はいってんじゃないの、とわたしは思った。わたしは家を出た。

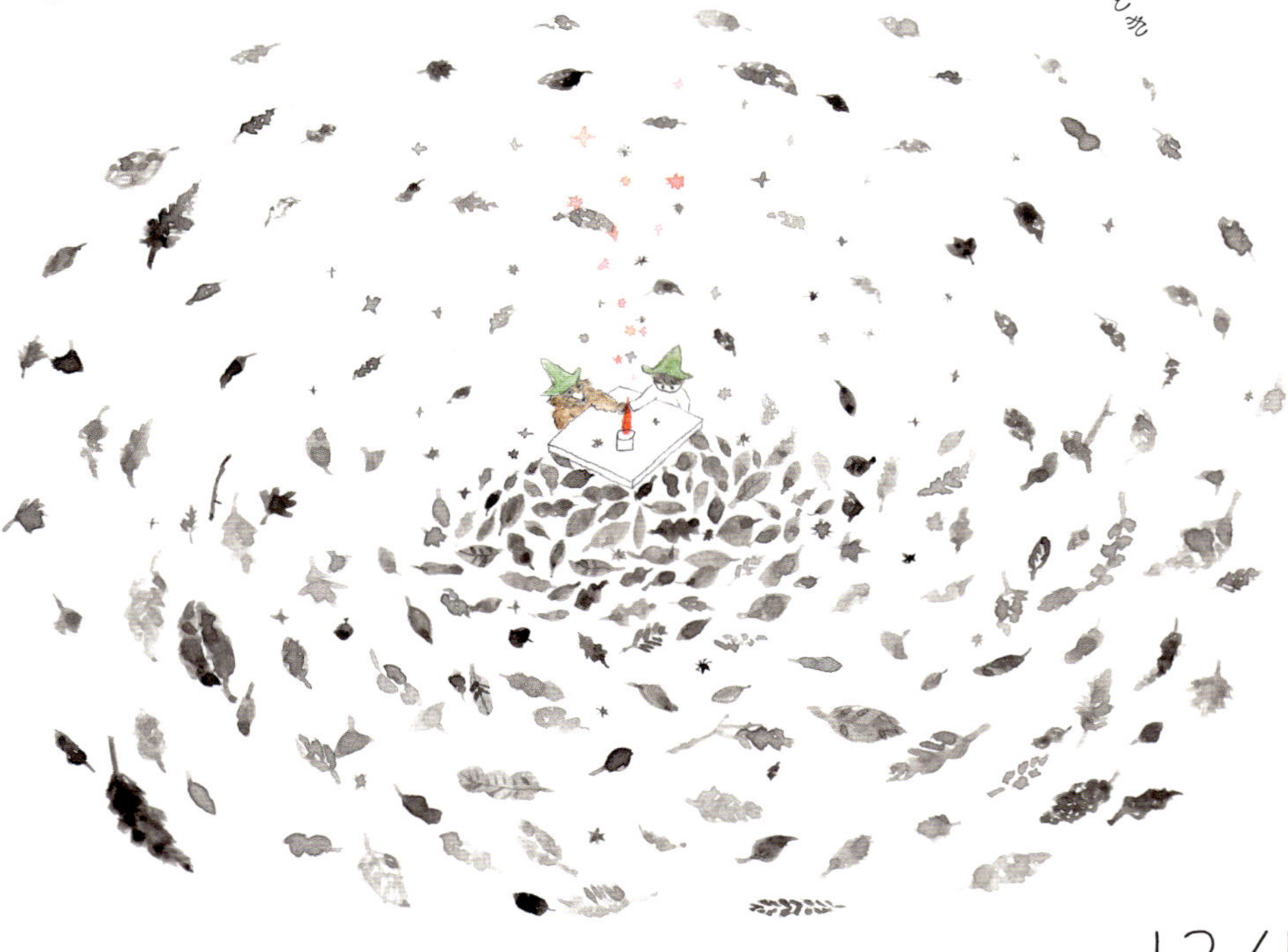

12/19

こぼれるようにパジャマ着たひとたちの群　月光　ひとりわくわくわくす

表現が好きなひとっていたずら好きのひとなんじゃないかとおもう。ひとをおどろかせることがすきなんだろうし。こどものころいっぱい死んだふりとかしたんだろうとおもう。だれも入ってない部屋を密室にしてたのしんだりおこられたり。

おとなになったらわくわくすることが減るのかとおもったら、むしろ、ふえてきた。わくわくって、生きるためのお駄賃みたいだ。わくわくが支払われて、生きていく。

またねむれなくなっている。パジャマの上にコートを着込んでねむれなかったひとたちの群れに加わる。

つまり、よふけ、まちをうろうろする。

月のひかり。こんなところがあったんだなあとわたしは巨大な建物をみあげる。ほとんどパジャマで。

12/22

もみの木を
わたしの背の高さで選ぶ

日比谷公園のクリスマスマーケットにマトリョーシカのマグネットを買いに行ったが今年も買えなかった。毎年買えないのにクリスマス市にでかけている。おとしも、きょねんも買えなかった。「あなたはうそばかりついて」と言う。「でもことしはわりと、ほんとうにすなおだったような」とわたしは言う。木製の兵隊たちの人形が高い塔のあちこちに配置されて、くるくるとからくり仕掛けで回転している。羊の毛をまとったまま買えないからだでうろうろしていた。買ったからだ、買えないからだ。すこしあるくと、光る小屋のなか、生まれたてのイエスのおおきなフィギュア。クリスマスが終わる。

12/25

壇上の星をみんなで片づける

幼稚園のときの劇はいつも最後に余った役をやっていた。最後に余った役は、悪い宿屋のおじさんか壺をもつ家来か羊の役しかなかった。

壺をもって隊長のようなひとについて歩く役で、壺をもって長い長い道を歩いたのあれっきりだったのではなかったか。

金色に光るささげものの壺だった。隊長が「ここは夜の砂漠だ」という。夜の砂漠と呼ばれたステージをわたしは壺をもって歩いた。長い旅だった。らくだ役のひとがごそごそしている。貼り付けられた金色の星が輝いている。

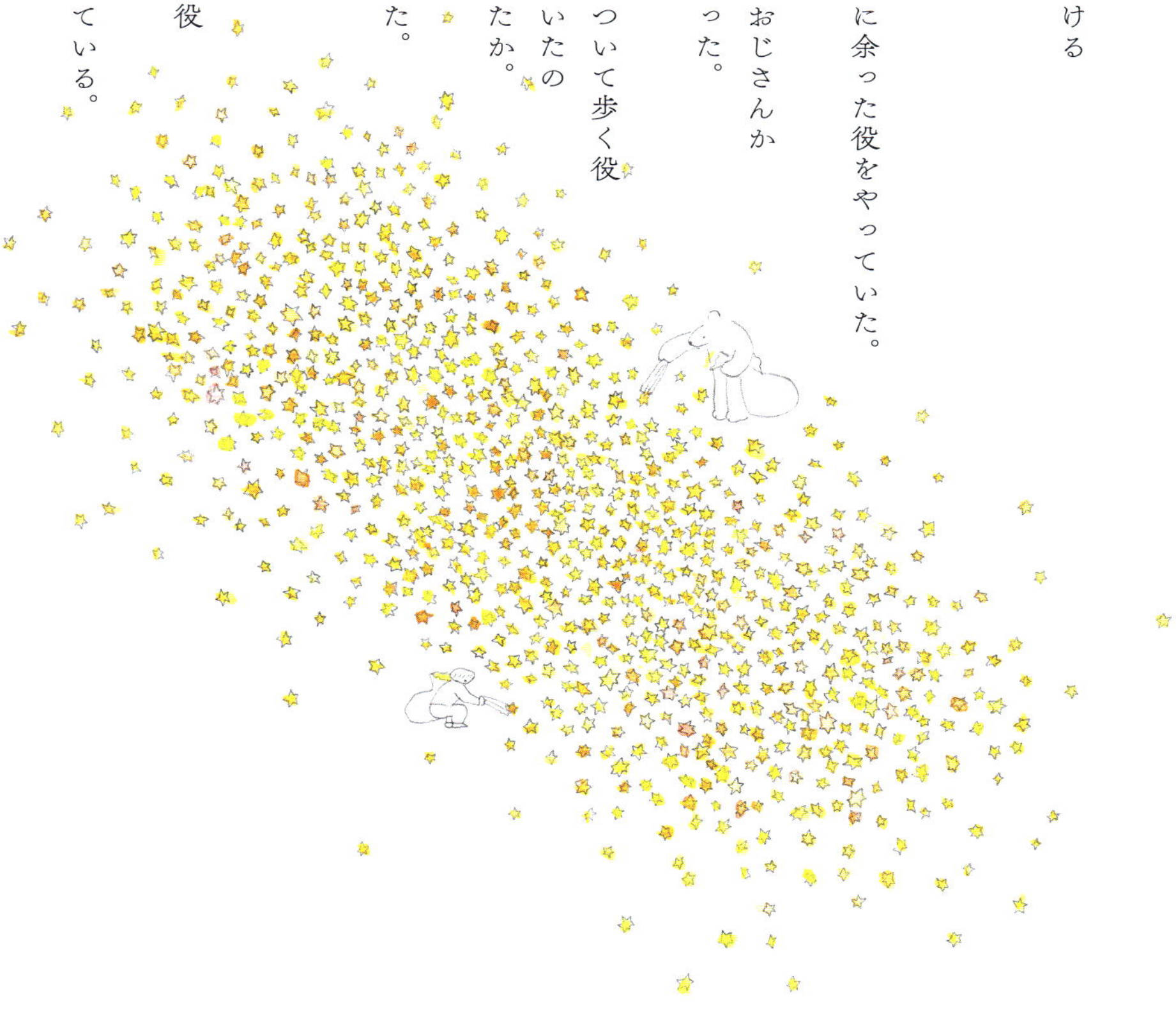

12/27

メロンパン野原のふたり　感じがいいね

年末、部屋のなかに食べ物がないかあちこちさがす。クッキー缶があって、クッキーを少しずつ食べながら年末を過ごす。クッキーをたべたあと、髪をとかした。

電話をすると、「去年は高熱をだして寝てたでしょう」と言う。じぶんはもうしぬかもしれない、っていってたって。でもきゅうにふっと明るくなって、ちがう風をかんじたって。

そう、とわたしは言う。

年が明けて、ベランダにでてみる。いつかの今日にふたりで野原をあるいていたことがあったっけ。だれかが火を焚いていて、たちどまってゆれる火をみていた。ちょっと歩けばわすれそうな火だった。

「行こう」と言われて、もう、あるきだす。

「わたしですよ」
ふれていいのというまえに

フランケンシュタイン博士のうみだした怪物は、名前のない怪物だったが、

化け物に名前をつけて可愛がる
竹井紫乙（『ひよこ』）

という川柳もある。どこまで果てまでいってもだれかが拾ってくれる。

「ねむいしね、おへそがかゆいね。きのうくらいからおへそがかゆいね」

なんかこう、なんていうか、なんていえばいいのか、あいてがなにげなくじぶんに言ってきたひとことが、うーん、なんだかあなたのそのひとことって川柳なんじゃないの？　とおもうしゅんかんがある。

でもそんなのは狂気かもしれない。〈それって川柳なんじゃないの？〉というのは狂気かもしれない。

でも、そうおもえてしかたないことがある。岩松了さんがかつてこんなことを言っていた。表現というのは、世界中のにんげんが「このポストは青い」と思っても、それでも「このポストは赤いんですよ」と言い張ることだと。

川柳のことをなにもしらず、読んだこともつくったこともないのに、川柳をつくってしまったひとがいたら、どうしよう。そのとき、おおきなたも網をわたしがぶんとふりまわして、それを川柳として掬ってしまったらどうしよう。

よくそんなことをかんがえる。

1/15

苺が挟まってるきがするんです

むなぐらをつかまれたことってあったかなあと思い出してみる。すごくへいわなときに。たとえばもてなされているときに。立食のときにバヤリースをもらいにいったときに。あたまをさげるとウェイターのひとがバヤリースをそそいでくれる。たっぷりとしたオレンジの色。前のほうでは歓声があがり、あちこちに花があり、ひかりがあふれている。きれいな服をきたひとたちがゆきかっている。もともとさん、あのね、と話しかけてくるひともいた。わたしもわらいながら聴いていた。楽しい話をしてくれるので、聴き入っていた。みんながへいわなときに、いままでむなぐらをつかまれることあったかなあとなぜか思い出している。暴力の経験をおもいだしている。

1/19

そこまでいかないとたどりつけないいしろくま

ついこないだ、名古屋美術館でヒエロニムス・ボスのフィギュアを買った。フィッシュ・シップという〈さかなふね〉と、レター・バードという〈てがみとり〉のふたつを。

ヒエロニムス・ボスのフィギュアをみているうちに知ったものが、フランソワ・ポンポンのフィギュアで、ポンポンはロダンの助手をしていた彫刻家だ。

そこにはポンポンのしろくまのフィギュアがあったけれど、リサ・ラーソンの陶器のようにシンプルで、まるみがあって、でもどことなくみたことなかったようなはじめて会うりんかくのしろくま。

ポンポンはこのしろくまの代表作を67歳のときにつくったという。67でこのしろくまにたどりついたんだとおもうと、ちょっと感動してしまう。この一見なんでもないたんじゅんなしろくまに。

その日はポンポンのことを想いながらねむった。

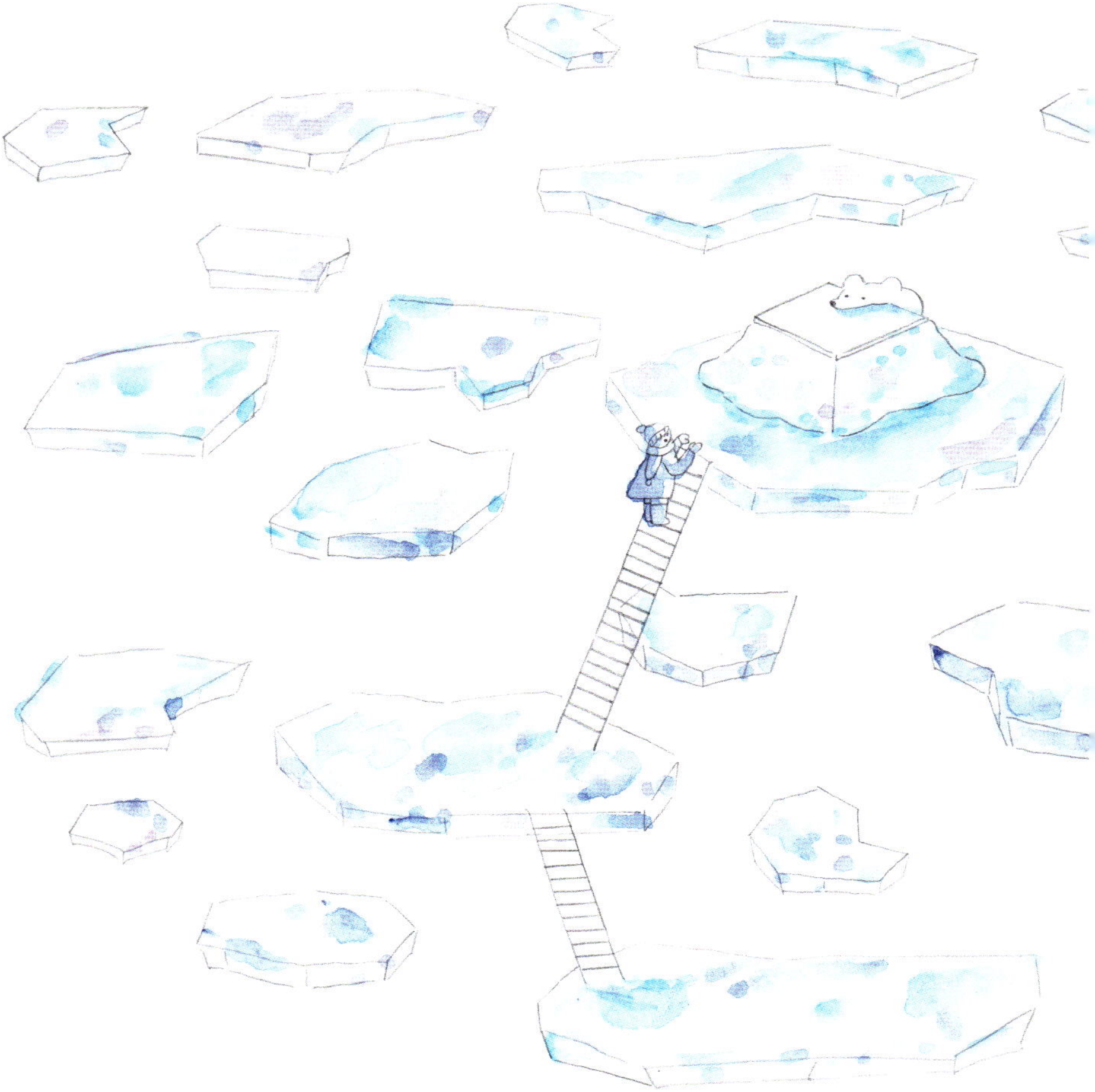

1/22

愛もひととおり過ぎたあとの「なんか」

愛されたことはあるのかもしれないけれど、愛してくれたひとは今、こうおもってるかもしれない。

あなたはたぶんひとをちゃんと愛せないだろうね、と。

なんか、今、そうおもう。わたしはあなたに愛を教えてあげたけれど、あなたはちゃんと愛を学んだのかな。まなんでないとおもうけれど。とりあえずわたしからはスタンプ押せないけれど。

なんのスタンプかはわからないけれど、ときどきそんなふうにおもいながら、皿をあらっている。水の音をききながら。愛もひととおり過ぎたあとに。

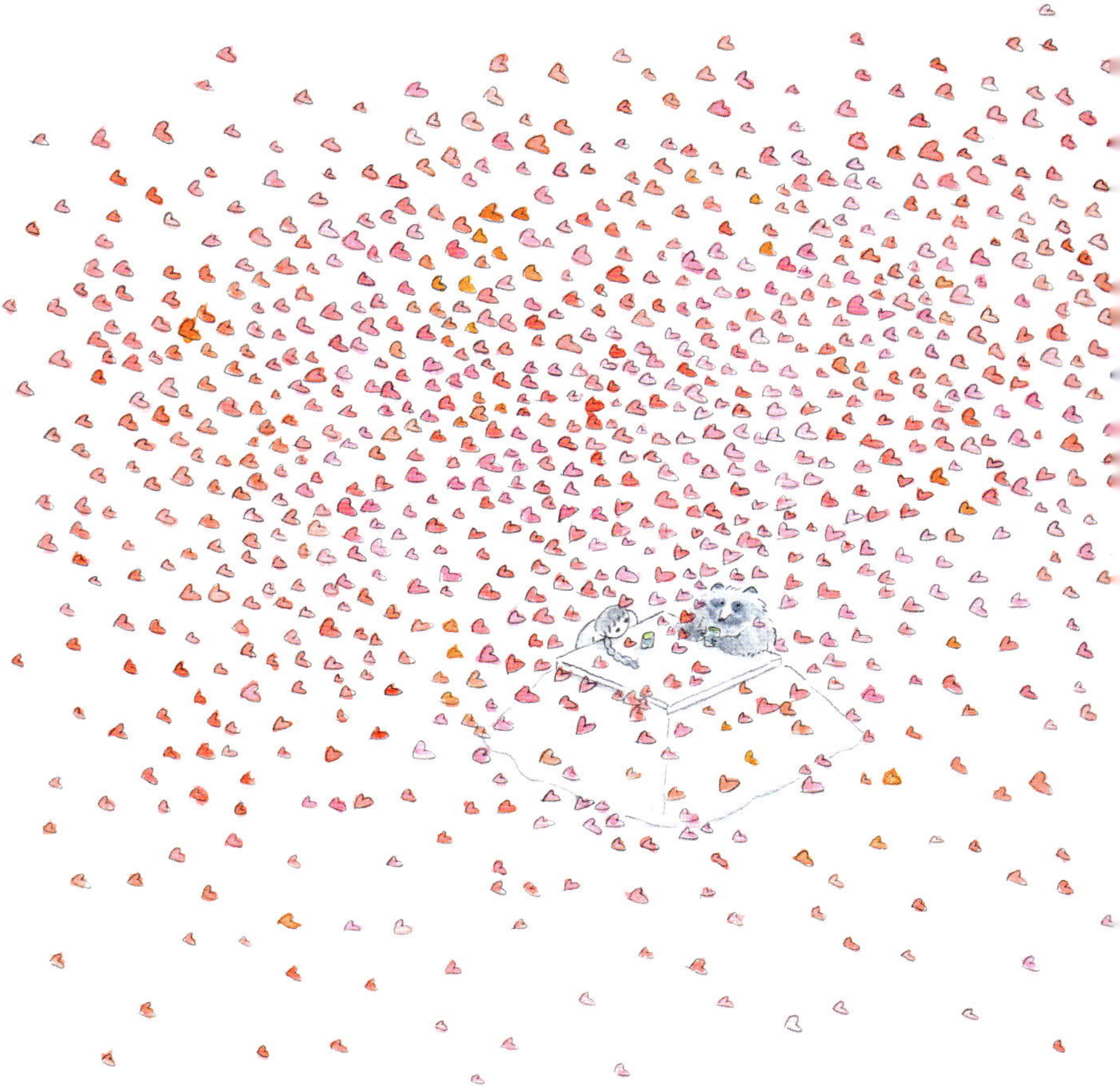

1/25

わるいことしてきてるからピースもできない

じんせいで、わたしが、ピースをしたのはいつだったっけなあ、とおもう。

このまえ、ピースしたのいつだったっけなあ。

思い出せない。思い出せないピースってなんなのか。ピースはあいまいだ。ひとに聞くわけにもいかない。あなたの隣にいたとき、ぼくはピースしてた？　二本のふといゆびを前面につきだしてた？　あなたは、こいつふだんピースしなさそうなのになんでピースなんかしてるんだってかんじでちらっとぼくを見た？　とか。

ピースなんかしてる場合じゃないだろというのもある。激しい雨がふり、強い風が吹き、地がゆれ、こわれるような陽がそそぎ、乗り物のなかで血がながれて。どうなってるんだろうとおもう。ただ、ほんとうに、どうなってるんだろうとおもう。ニュースのキャスターたちは、毎朝とってもこまったかおをしてわたしたちの前にでてくる。わたしたちのためのおはようございます、をいうために。

1/26

年賀状がだせなくてもまだ続いてく世界

年も明けたのに、わたしはまだまだじぶんが去年にいるようなきがして、うろうろしていた。

いまのじぶんならどんな本を読むだろうなと本棚のまえをいったりきたり、背をのばし、かがみ、棚のなかを覗きこんだりしていた。

そうやって、本棚から、ブローティガンの『不運な女』という本を持ってきた。

「こんにちは、といってみてよかったわ」と彼女はいった。「あなたのような人に会うことは、そうしょっちゅうはないもの」（ブローティガン『不運な女』）

旅をする男の話だ。その旅は、失敗に終わるだろう。さいごに待っているのは敗北で、男は旅のあいだもずっと脱線しつづける。菓子パンの話をしたり龍の話をしたりして。

男は旅のことを日本製のノートに書き続ける。1982年のちょうど今くらいの時期だ。

逃げても逃げても後につづいていく世界がある。そんなことをブローティガンは教えてくれる。

年賀状を横から見る世界。逃げてもあとがある世界。

言葉はなにもないところに咲く花々。あなたを愛している。（ブローティガン『不運な女』）

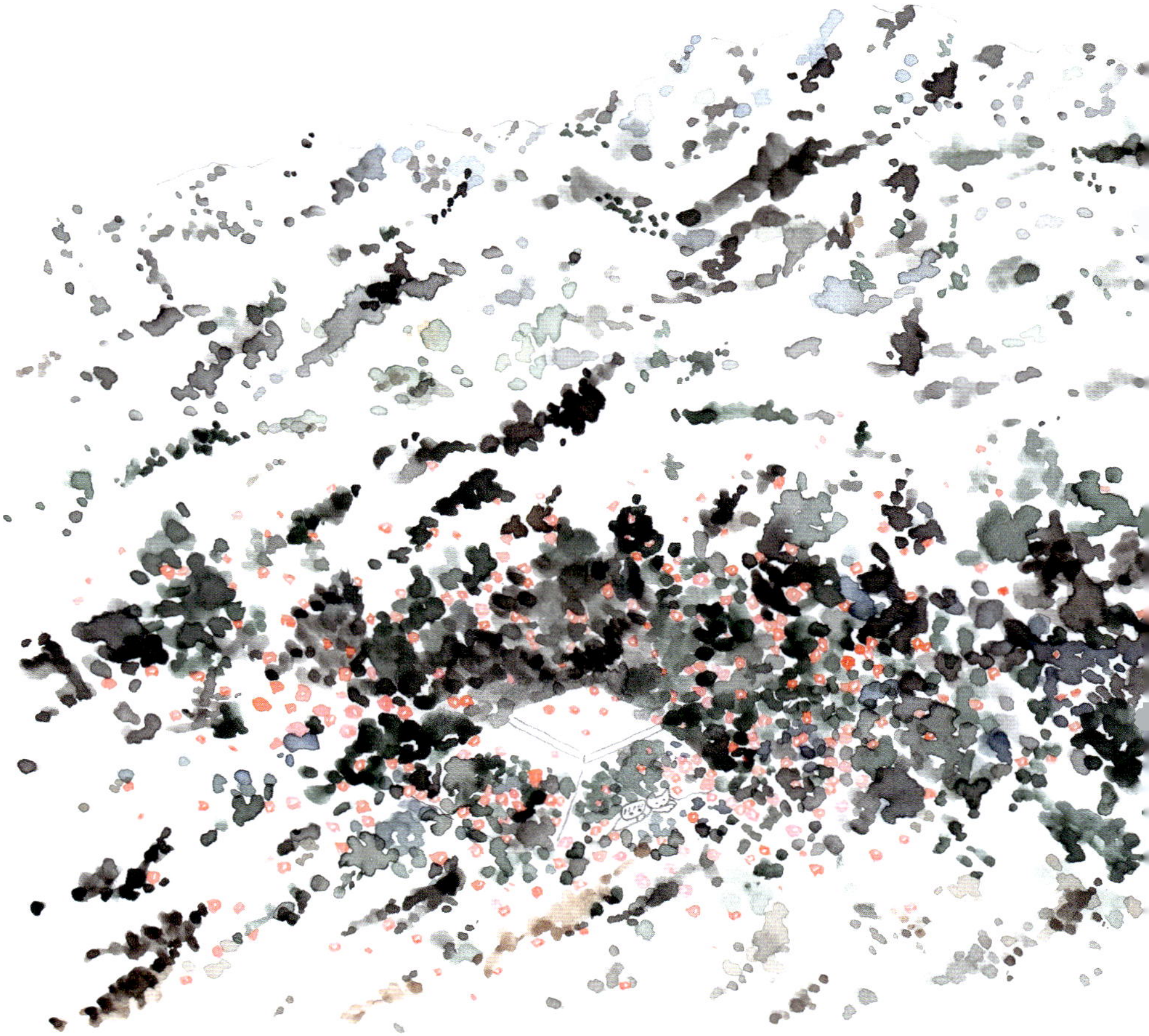

1/27

二番目でくらいひとだったあかるいひとだった

倉持裕さんの戯曲『ワンマン・ショー』には、弾力のあるボタン、が出てくる。それはスイッチのボタンなのだが、とってもだんりょくがある。

そのスイッチのだんりょくにとてもひかれた。それはなにかのスイッチになっている。だからそのスイッチを押せばなにかがはじまってしまう。それを押すにんげんにたしかめさせるように肉感のようにスイッチにはだんりょくがある。

『ワンマン・ショー』はふしぎな話だが、もしひとことでまとめるなら、嫉妬の話と言ってもいいかもしれない。嫉妬が倍増してゆく話。増えすぎた嫉妬が錯綜してゆく話。

そしてその多様な嫉妬が交錯するなかで、スイッチにだんりょくがある。

わたしはこの『ワンマン・ショー』にすごく惹かれた。当時、嫉妬ってなんだろうと、かんがえつづけていたからかもしれない。

嫉妬は、だんりょくがあるスイッチにも似ている。押したときのてごたえはおおきい。押したこともわかるし、記憶もやきつけられる。そして、ふしぎでぶきみなてごたえがある。

わたしたちはどうしても二番目をかかえざるをえない。それは順番じゃなくて、感覚だとおもう。二番目という感覚。そしてあの嫉妬がやってくる。

『ワンマン・ショー』にこんなセリフがある。

「これは二番目に好きな曲よ。わたしがいちばん好きな曲がかかるとおもったのに」

ふとんの詩いろんな横の夢がある

西鶴研究者の浅沼璞さんと往復書簡をさせてもらっていたときにひとが横になるってどういうことなのかというテーマが出た（俳句や短歌や川柳は縦に書いていくものだから、その逆の横の話がでてきた）。

もともとさん、西鶴の『好色一代男』ではね、主人公の世之介は浜にうちあげられて身体が横になってから人生が変わりはじめるんだ、横になってからじんせいが動きはじめるんだよ、という浅沼璞さんから教えてもらった横にまつわること。

ときどきこんこんといやになる
までねむってみるのはどう

だろうか。漱石の小説ではたびたび人物たちが横になることから始まるが、横になることでじんせいが変わる場合もあるんだし。内田百閒もいつもいやになるまでねむっていたそうだ。おやすみなさいと言ったあともういやになるまでこちらの世界に帰ってこない。こんこんとねむりつづける。あるくように。それもちょっとすてきなことだよなあとおもう。それにほら、もう、春だからね。

雪の一字が流行する日

朝起きてカーテンあけるとまっしろで「雪」の一字が流行っていた

追われても追われてもアップルパイを焼く

わたしはひとを怒らせることがおおい。できるだけ怒らせないようにしたいなとおもうが、怒り出してしまって、怒り出したひとをドーナッツを手に追いかけたこともあった。

有機栽培シナモンのドーナッツをわたしは手にしていた。わたしはそれを手に追いかけた。みちゆくひとたちが、おいおいあいつはドーナッツを手に怒ったひとを追いかけてるぜとわたしをふりかえった。わたしもせっかくのことだからときどきドーナッツを食べながら追いかけたが、こういうわたしが相手を怒らせてしまっていたのもわかっていた。

先生、とどういうわけかわたしはおもった。どうしてそうおもったかはわからない。わたしが人生でいままで出会った先生たちにわたしは先生とおもった。先生いまわたしはこんなことをしています、と。

2/12

クリームソーダ
ゆるしてあげるを
思い出す

「ゆるしてあげる」ってすごいことばだよなあとおもう。ゆるすとかゆるさないになったらもうそれはどちらにしても〈ゆるさない世界観〉だ。

「ゆるしてあげる」っていままでいわれたことあったかなと思い出してみる。あっ、でもなあ、あれなら言われたことあるかもしれんぞ。おいおまえ、ゆるさんぞ、と。女の子に。でんしゃのまどから女の子が身を乗り出してモリアーティー教授のようににげようとするわたしに言う。おいおまえゆるさんぞ。

会うひとは会ったひとになる春がくる

漱石の手紙で最後の一文が「これから湯に入ります」となっているものがある。なんでそんな変なことつけたしたんだろう。特に手紙で。だって手紙がついてるときには漱石はぜったいお風呂上がった後ではないか。たしかに電話で「これからお風呂はいろっかな」と言うことはあっても。こんなふうに考えられるだろうか。さようなら、でも、またね、でもなかった。これからお風呂はいるからね、と漱石が相手にさいごに書いたのは、あなたの生活もわたしの生活もつづいていくからね、って言いたかったんじゃないかと。これから湯に入るし、あしたも湯に入るし、あさっても入る。そういうふうにつづいていくんだと。手紙を書いていてもあなたがそれを読んでいてもわたしたちの生活はつづいていくのですよ。いっぽうで。

2/21

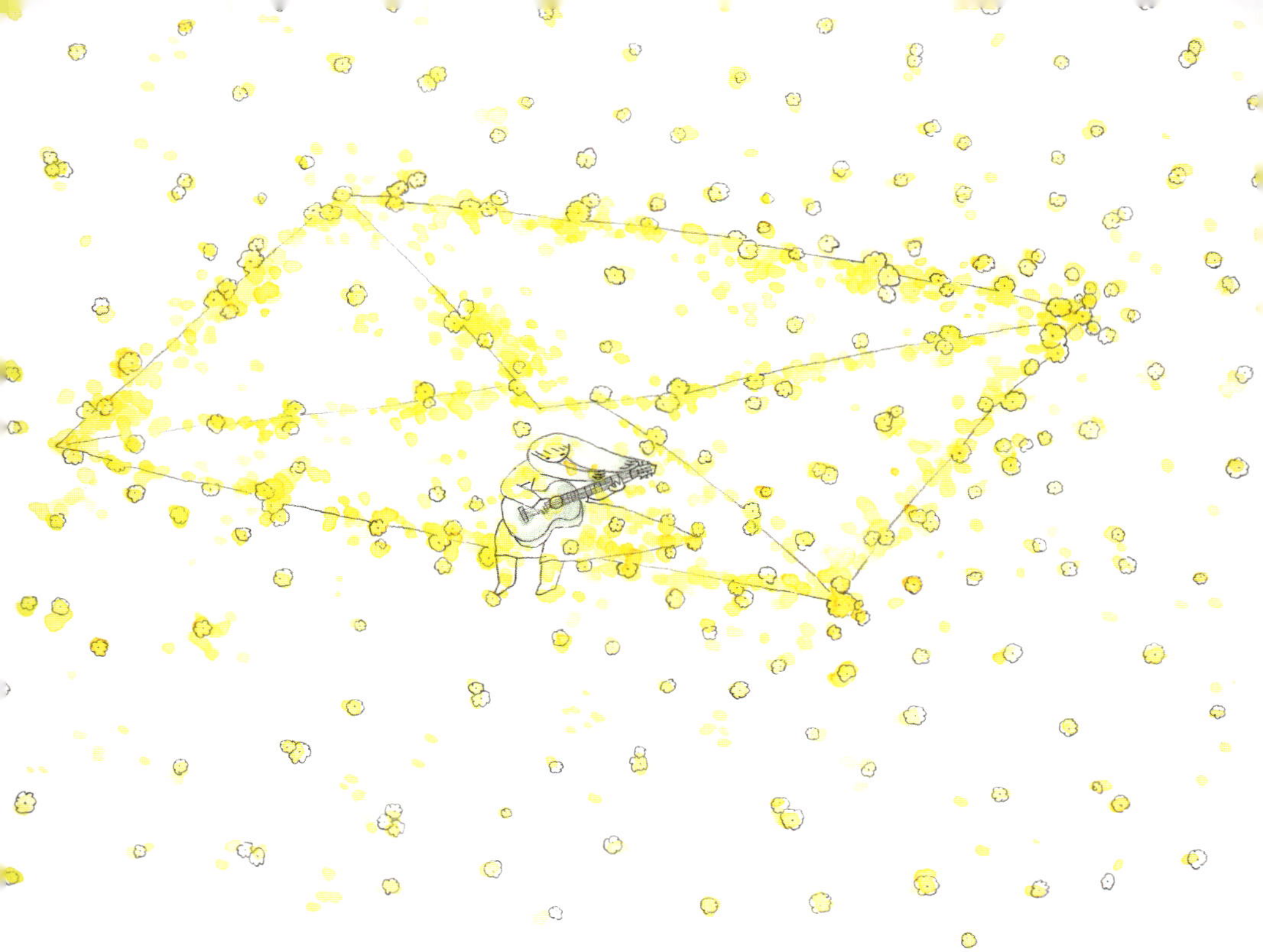

ひきだしのてがみの歌声が凄い

たとえどんなところにしまいこんでも、しまってもしまっても響いてくる声がある。うつむいていても、しあわせそうにしていても、その声はひびいてくる。だれかといても、ひとりでいても。

村上春樹さんの『中国行きのスロウ・ボート』にはこんなセリフがある。「大丈夫、埃さえ払えばまだ食べられる」

村上春樹さんの小説ではいろんなとりかえしのつかないことが起こるが、それでもまだ世界はつづいていく。これで終わりだとおもっても世界には「まだ」続きがある。ここにあなたが立った以上はちゃんと最後までみてね、と。あなたが終わったと思っても、まだ終わらない。「大丈夫、埃さえ払えばまだ食べられる」の世界がつづいていく。

2/24

ふえていくポッケの
春のようなもの

春夏秋冬でいちばん気づきやすいのが春なんじゃないか。あ、春、っておもう。すこしつめたくすこしあたたかい風もそうだろうけれど、たくさんのにんげんと出会い、別れてきたからだの思い出もあるんじゃないかとおもう。今までの春をおもいだせと新しい春が言っている。これまでたくさんのひとと出会って別れたでしょう、と。

春が春を思い出させて、もっとかなたのまだ見たこともない春を予感させる。春のたびにどんどん春がふえていく。

21 5

春という汚い手書きで始まる詩

チェーホフの『ワーニャおじさん』のワーニャおじさんは、初登場シーンで、ぐったりしたかんじででてくる。演劇なのに、立ってどうどうとでてこないで、ぐったりしたかんじであらわれるのがおもしろい。いいとおもう。

大事な場面のときにぐったりしていることがある。なんでかはわからない。ワーニャおじさんのようにそばにあるものにもたれて、ぼんやりしている。そばにあるもの、ほどよくしたしいひとや切り株や冷たい壁。それにもたれる。なんどもそういうことがあった。特に大事な場面にそうなってしまうことがおおい。わたしがどれだけがんばろうとしても、緊迫感をだそうとしても、わたしが、わたしのからだが逃げていく。のか。おおい、とおもう。逃げてゆくわたしへのかけ声として。おおい、と。

眠れずに蝶のテレビを
点けておく

NHKでやっていた蝶の大移動のドキュメンタリーを録画したのだが、どういうわけかそのドキュメンタリーが過眠を引き起こしてしまい、みるたびに魔法にかけられたようにふかいねむりについてしまう。

これはぎゃくにいいぞ、と思い、まいばんねむるときに蝶のドキュメンタリーをつけておくことにした。一時期は相撲でこれをやっていたが、今回は蝶になった。おおきな、ゆれる、裸と裸のうちあいでねむっていた夜が、たいりょうの蝶とともにねむりこむ夜に変わっていく。

「花たたきつけるかもしんないもん、会ったら」

もしほんとうに怒りそうになったら、花を武器につかうといい。
花ならひとを傷つけないだろうから。それに、怒ったことも、
そのひとの服や体を花でだいなしにしたことも、眼やこころが
忘れないだろうから。

花を貰った。きれいな花だった。

追いかけられて風になってしまうよ

高校のころ、祖母の家においてあった水木しげるの『河童の三平』をよく読んだ。

『河童の三平』で有名なシーンがある。三平となかよくなった狸が地獄からの風が吹くなか、三平の思いがけないふとしたお願いに、「そ、そんなこと、たやすいことだ…」と涙を流す。

サンガッツから狸のソフビもでるほど有名なひとこまだが、この「たやすいことだ」に象徴されるように、『河童の三平』は「お願い」の物語だ。いろんなお願いが物語のなかで交錯する。三平に似た河童は三平のふりをし、死神は死ぬ期限を延ばすようお願いされる。お願いが、ゆきかう。

そのなかで、ひととひとが、ひとと河童が、ひとと狸がであい、むすびつき、わかれる。強い風が吹いている。風のなか、狸はほんとうに必死に三平の背中を追いかけた。たったいちどの、たったひとつのお願いをきくために。

3/18

月の引力星の引力ゆうごはん

けっきょく気がつくと部屋が本だらけ
になっていて、本浸しの難破船の
ようなところに住んでいる。こういう
感じから一生ぬけられないのかなあ
とおもう。でもわたしがぬけられなく
ても、わたしが出会った誰かが
手をひっぱってくれるかもしれない。
馬かなんかに乗ってやってきて。
だから(馬に乗って勇んだあなたが
やってくる)可能性は捨てないで
おこうと思う。

3/23

桜餅ちいさい声で話し合う

さいきんちいさな声がすきなことにあらためて気がついた。ちいさな声のひとが好きで、しっかりしたつくりの迷路をみちびかれるようについていってしまう。

ちいさな、ちいさなひと。おやゆび姫、一寸法師、ドワーフやホビット、オズの国のマンチキンのひとびとときがあうかもしれないとおもった。

だいたいそういうちいさな国のほうにいる。ときどきふしぎなふとりかたをするのに。

さくら、さくら。

3/24

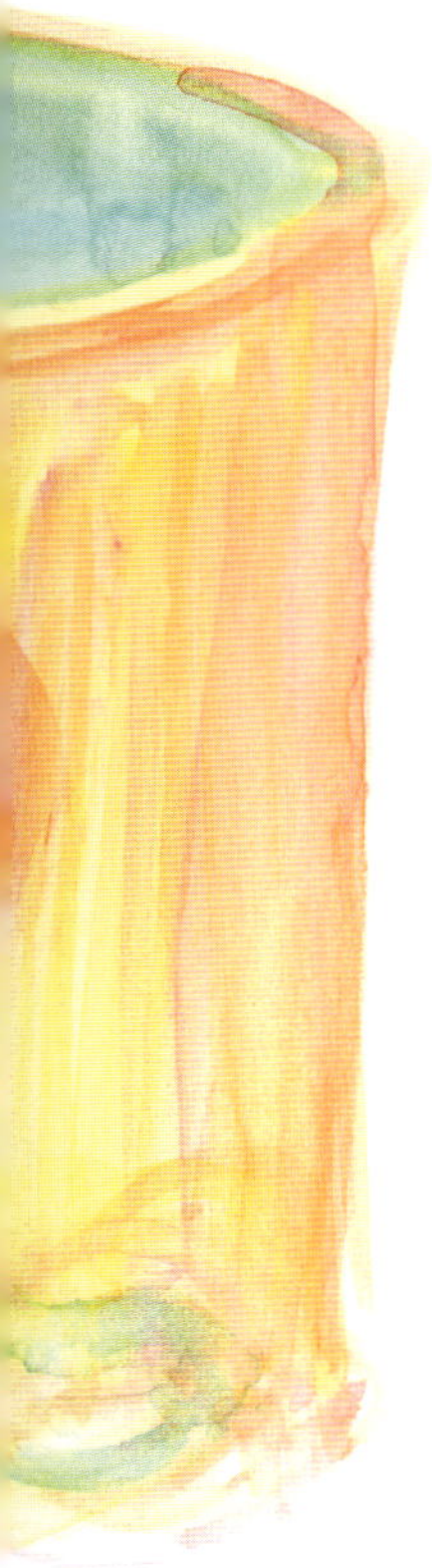

ユニコーン　カーテン開けて閉めて部屋

ユニコーンのキーホルダーを
　5つくらい鞄につけてバスに
乗ってくるひとをみて、わたしは今、
もしかしたら、人生でユニコーン
を見たカウントがいちばんピーク
　なのかもしれないなあと思った。
これ以前は0で、これ以降も0で、
今このときが5。

3/30

エピローグ　わたし以外は眠りこむ

水木しげるに「テレビくん」というテレビの中を出たり入ったりする不思議な少年の話がある。顔は鬼太郎そっくりで、しましまの半そでシャツもちゃんと着ている。

宮沢賢治の「風の又三郎」は風のなかを出入りしていたが水木しげる世界ではテレビを出入りしているのがおもしろい。でも、又三郎がやってきた日の強い風も、昭和のテレビの砂嵐も、どこか通じるものがある。

混沌としていて、ノイジーで、いろんな情報をふくんだ季節の風のように多くのチャンネルがテレビではうつしだされてゆく。

テレビって、風にちかいのかもしれない。

3 / 31

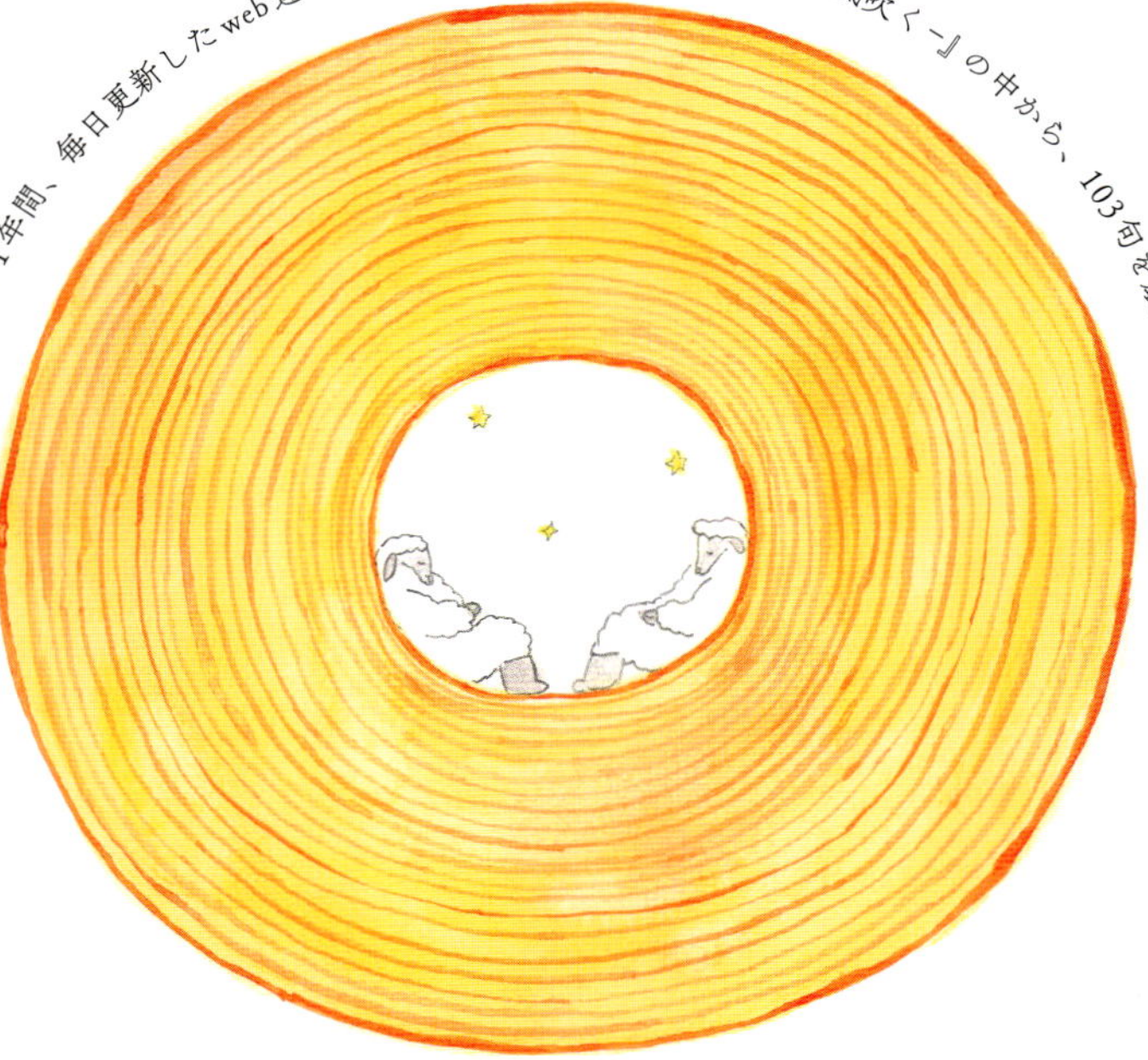

＊この本は、2018年5月から1年間、毎日更新したweb連載『今日のもともと予報－ことばの風吹く－』の中から、103句を厳選・再編集したものです。

あとがき

またわたし、またわたしだ、と雀たち

ほんとうになんだか、よくねむった一年だったとおもう。ふしぎな、ありがたい、ちょっととくべつな一年だった。

この連載を始めたとき、担当編集のながやすさんから、道場のような感じで書いてみたら、と言われた。道場のようなものでもあったし、深い森のようでもあったし、宇宙のただなかのようでもあったし、ずっと砂漠で飛行機を修理しているようなかんじでもあった。星。

この企画はおかざきさんからはじまり、ながやすさんとしおださんが担当してくれた。やすふくさんが毎日挿し絵を描いてくれて、本のデザインはこまいさんがしてくれた。ありがとうございました。

ねむって起きて、またわたし、またわたしか、またわたしだ、のいちねんだった。けれど、その間にいろんなひとがいる。いろんなひとのなかで、またわたし、またわたしだ、と風が吹いていた。

6

					1	2
3	4	5	6	7	8	9
10	11	12	13	14	15	16
17	18	19	20	21	22	23
24	25	26	27	28	29	30

7

1	2	3	4	5	6	7
8	9	10	11	12	13	14
15	16	17	18	19	20	21
22	23	24	25	26	27	28
29	30	31				

10

	1	2	3	4	5	6
7	8	9	10	11	12	13
14	15	16	17	18	19	20
21	22	23	24	25	26	27
28	29	30	31			

11

				1	2	3
4	5	6	7	8	9	10
11	12	13	14	15	16	17
18	19	20	21	22	23	24
25	26	27	28	29	30	

2

					1	2
3	4	5	6	7	8	9
10	11	12	13	14	15	16
17	18	19	20	21	22	23
24	25	26	27	28		

3

					1	2
3	4	5	6	7	8	9
10	11	12	13	14	15	16
17	18	19	20	21	22	23
24	25	26	27	28	29	30
31						

4

1	2	3	4	5	6	7
8	9	10	11	12	13	14
15	16	17	18	19	20	21
22	23	24	25	26	27	28
29	30					

5

		1	2	3	4	5
6	7	8	9	10	11	12
13	14	15	16	17	18	19
20	21	22	23	24	25	26
27	28	29	30	31		

8

			1	2	3	4
5	6	7	8	9	10	11
12	13	14	15	16	17	18
19	20	21	22	23	24	25
26	27	28	29	30	31	

9

						1
2	3	4	5	6	7	8
9	10	11	12	13	14	15
16	17	18	19	20	21	22
23	24	25	26	27	28	29
30						

12

						1
2	3	4	5	6	7	8
9	10	11	12	13	14	15
16	17	18	19	20	21	22
23	24	25	26	27	28	29
30	31					

1

		1	2	3	4	5
6	7	8	9	10	11	12
13	14	15	16	17	18	19
20	21	22	23	24	25	26
27	28	29	30	31		

柳本々々（やぎもと・もともと）
1982年新潟県生まれ。川柳作家・詩人。第57回現代詩手帖賞。慶應義塾大学大学院国文学専攻中退。

安福　望（やすふく・のぞみ）
1981年兵庫県生まれ。イラストレーター。『食器と食パンとペン　わたしの好きな短歌』（キノブックス）

バームクーヘンでわたしは眠った
もともとの川柳日記

二〇一九年八月二十八日　初版第一刷発行

句と文　柳本々々
絵　安福　望
発行者　伊藤良則
発行所　株式会社春陽堂書店
〒一〇四-〇〇六一
東京都中央区銀座三-一〇-九　KEC銀座ビル
電話：〇三（六二六四）〇八五五㈹

印刷・製本　恵友印刷株式会社

デザイン　駒井和彬（こまゐ図考室）

ISBN978-4-394-90357-4

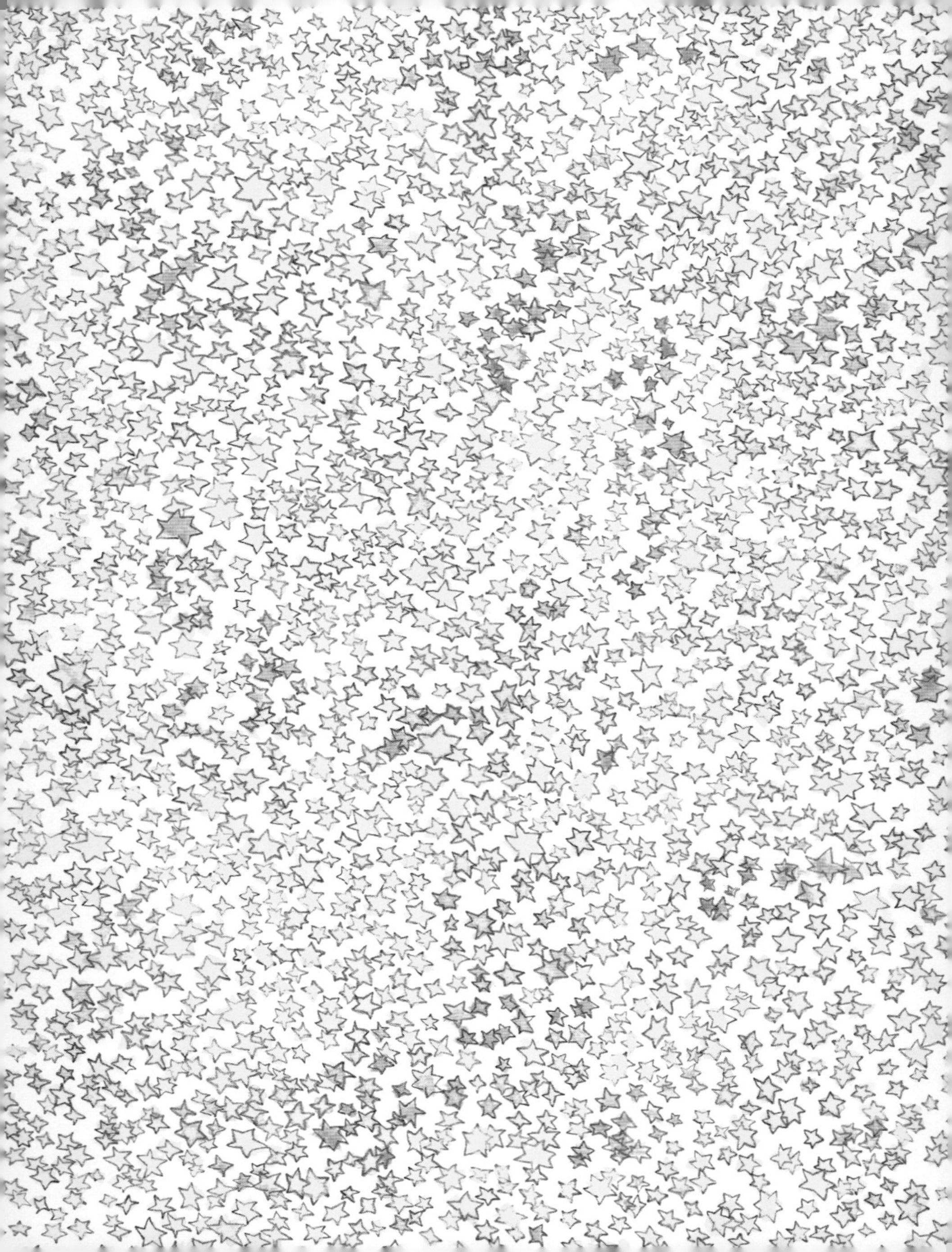

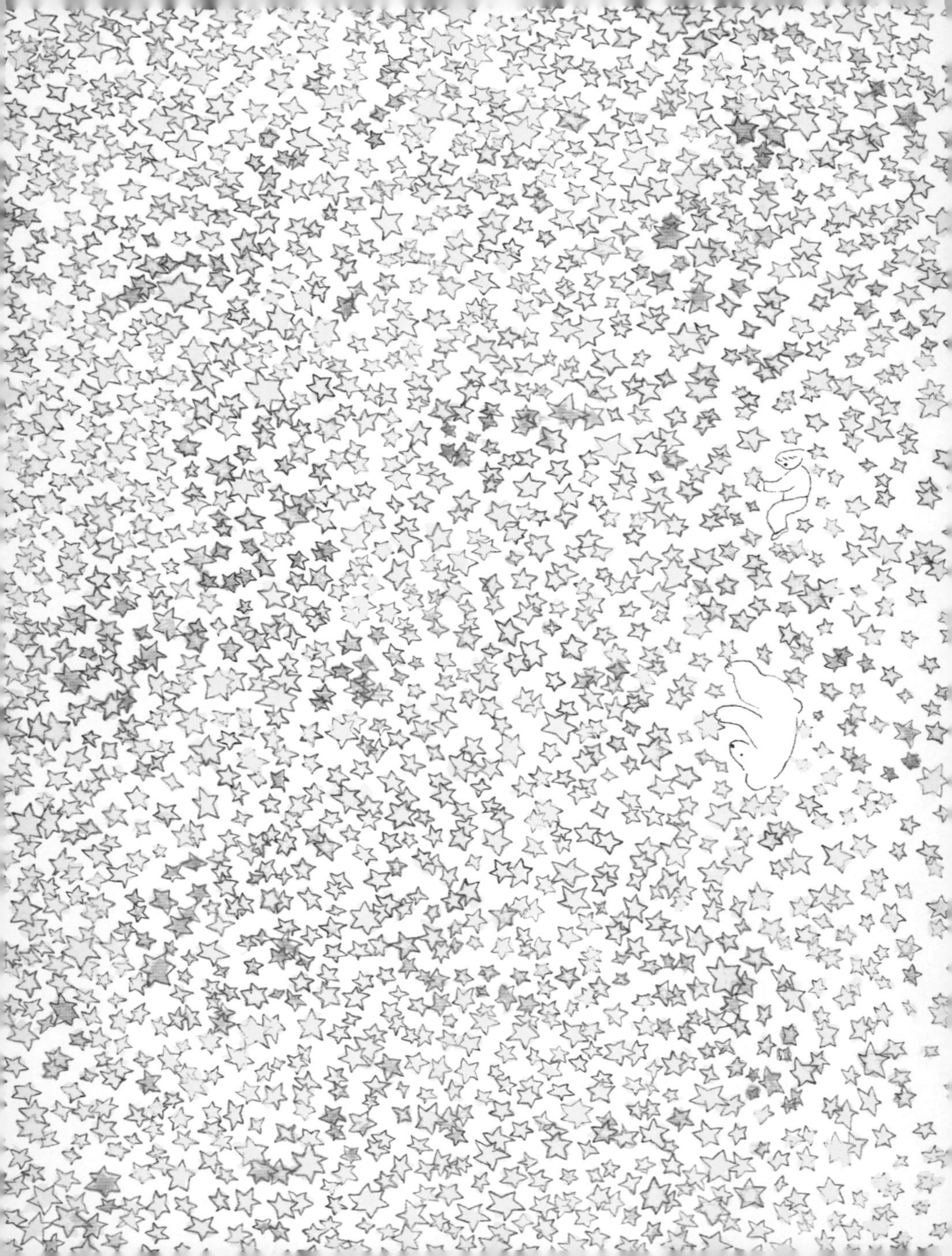